光文社文庫

文庫書下ろし

森のシェフぶたぶた

矢崎存美《ありみ》

光　文　社

この作品は光文社文庫のために書下ろされました。

目次

春の女子会〈春〉……5
サプライズの森〈夏〉……49
二人でディナーを〈秋〉……95
ヒッチハイクの夜〈冬〉……139
野菜嫌いのためのサラダ〈春〉……197

あとがき……242

春の女子会〈春〉

オーベルジュ ル・ミステール——そこは、森の中からまるで隠《かく》れ家《が》のように現れる。近づくにつれ木々の間から見えてくるのは、切妻屋根《きりづまやね》の素朴《そぼく》な洋館だ。緑色の屋根が青い空に映《は》える。白いドアをくぐるだけで、現実とは違う物語の世界へ入っていける。

エントランスは思《おも》いの外《ほか》広い。ゆったりとした階段が続くフロントは窓が大きく明るく、清潔《せいけつ》でシンプルだ。装飾《そうしょく》は控《ひか》えめで「アットホーム」というポリシーのとおり、外国に住む友人の家へ来たような気分になる。

奥へ進めば、そこは開放的なテラスも備えたレストランだ。天井が高く、とても清々《すがすが》しい。こぢんまりとした席数だが、それはオープンキッチンがあるため。ランチタイムでは飲み物やデザートプレート、パフェなどがそこから出される。美しく盛《も》りつけされたデザートを見ているうちに、ついつい食後に追加、なんてこともあるだろう。もちろんケーキもおいしい。

料理は地元のブランド肉や水揚《みずあ》げされたばかりの魚、特産野菜や旬《しゅん》の果物を中心にした自由なフレンチスタイル。日本だけでなくフランスでも様々な店を渡り歩き、和食も得意なオーナーシェフのアレンジが光る。

天気のいい日はテラス席がおすすめだ。山々の間から海も見えて、海の幸と山の幸、両方を味わえる場所のよさを実感できる。ただし行列《ぎょうれつ》ができる時もあるので、行く前には電話で確認をしよう。

ランチは、午前十一時から午後二時まで。予約はできないが、だからこそふらっと立ち寄ることができるし、デザートのみの注文もOK。お茶の種類が豊富で、フレンチプレスのコーヒーもおいしい。リーズナブルなのに大満足の味を気軽に堪能《たんのう》できるだろう。

しかしここはオーベルジュ――宿泊設備を備《そな》えたレストランなのだ。ディナーにこそ、その本質がある。

贅沢《ぜいたく》に一日一組だけであるが、定員は十名までなので、家族や友人同士など気の置けないちょっとしたパーティーでも利用できる。

客室は二つで、どちらもスイート。シンプルで木のぬくもりを感じられるシックな家具が揃《そろ》えられた居間と寝室を別々にも、仕切りをはずして一部屋としても利用できる。温泉も引かれてあり、部屋には露天風呂も完備。

チェックイン後にゆっくりと身支度を整えて、いよいよ優雅《ゆうが》なディナータイムの始まりだ。すべてシェフにおまかせか、食材を細かく指定できる二つのコースを選ぶことができる。

食事は部屋でもできるが、やはりおすすめはレストランだ。ランチタイムはデザート専門だったオープンキッチンでシェフが腕を振《ふ》るうのを見られるのが楽しいから。キッチンのすぐ前の席に座れば、シェフと会話しながら食事ができる。おしゃべりしている間に、即興《そっきょう》のアレンジメニューができあがることもしばしばだという。

お酒の種類は有名ワインだけでなく、地酒もたくさん取り揃えている。食事に合う日本酒や地ビールなども、ソムリエが選んでくれる。ノンアルコールドリンクも自家製が多く、季節によって変わるそうだ。

朝食は部屋でも、レストランでも、テラスでもいただける。メニューも和洋あり。洋食なら自家製のパンとジャムを、和食ならばシェフ自《みずか》ら一夜干《いちやぼ》しした干物と地元ブランド米が楽しめる。

しかし、ここでの最大の魅力は、食事でも宿泊でもなく、とてもすてきなオーナーシェフ自身だ。シェフの名前は、山崎《やまざき》——

ここまで書いて、荒木千紗子《あらきちさこ》は手を止めた。

果たして、これは書いてもいいものだろうか。

千紗子はグルメブロガーだ。地元のおいしい店を紹介する個人ブログを運営している。記事内容の評判がよく、アクセス数もどんどん伸びて、なかなかの人気ブログになっている。ネットニュースのライターにならないか、などと誘いもあるが、まだ下の子も中学生だし、仕事もしているので、お断りしている。趣味でできる範囲というか、やはり本音で自由に書きたいので。

趣味で書くにしても、内容には気をつかう。この記事は、最初からずっと迷いながら書いていた。

紹介しようとしていたのは、数日前に訪《おとず》れた隣町にある「ル・ミステール」というオーベルジュだ。森の中にひっそりとたたずむそこは、交通の便《べん》が今ひとつなのに、ランチはいつも満員。特に女性が多い。それは建物が『赤毛のアン』に出てくるグリーンゲイブルズを思わせるようなヴィクトリアンスタイルのかわいらしい外観だからだろう。『赤毛のアン』を読んでいた女子が心躍《こころおど》るだけでなく、男性にも評判がいい。それは多分、内装が飾《かざ》り気《け》のないシンプルなものだから。二階の宿泊スペースは特に、かわいらしさと実用的で無駄のないデザインが見事に同居している。二部屋とも間取りはほとんど一緒だが、家具やファブリックの種類や色で少し印象を変えてある。

二年前にできた時から、ブログに載《の》せたいと思っていた。ランチにはよく行っていたからそれについては以前に書いたけれど、ディナーと宿泊はなかなか機会がなかった。ネットでは「謎《なぞ》のオーベルジュ」と言われているらしいが、近場の人間からすると割と普通に宿泊予約はできると思う。ただ、そもそも一日一組しか受け入れないので予約が取りにくい、というのが実情らしい。直接行って問い合わせられるくらい近いから、と油断しているうちに時が過ぎてしまった。

千紗子が住んでいる地域はいわゆるリゾート地だ。しかも新興ではなく、古くからの。お金持ちが別荘を建てたり借りたりするようなところとして有名だ。海も車を使えばすぐだし、都会からの交通アクセスもいいので、日帰りの観光客も多い。

新興観光地だったら、一見《いちげん》さんを相手にしたそこそこの店でもなんとかなるかもしれないが、この町は昔から舌のこえたお金持ちが頻繁《ひんぱん》に訪れるし、リタイアしたそういう人たちが暮らしていたりもする。当然、クオリティの高い店が集まる地域なのだ。見た目だけおしゃれでは、はっきり言ってやっていけない。千紗子の実家は飲食店をやっているからわかる。今は兄たちが継《つ》いでいるごく普通の居酒屋で、お客さんは地元の常連ばかりだけれども、「気を抜けない」とよく愚痴《ぐち》をこぼす。

こういう地域では新しい飲食店ができてもすぐにつぶれてしまってまた新しい店ができて——ということが多い。だから、なるべくできたらすぐに行くようにしていたのに、ル・ミステールについてはあとでもかまわないと思っていた。

その理由の一つは、なんとなく「つぶれなさそう」と感じたことだった。食べ歩きは昔からの趣味というより、家族のためでもあった。居酒屋で毎日忙しい両親のために、千紗子が新しい店へ行って、その味をリサーチしていたのだ。兄たちも同じだ。やはり他の店のことも気にしないと、やっていけない。

そういう蓄積《ちくせき》があったから、「つぶれなさそう」という勘《かん》がはたらいたと言える。

そこにようやく行けた。そして、自分の勘以上に何も文句のつけようのないところだと知った。ただ、一つだけ——いや、文句ではない。「特筆《とくひつ》すべき点」とはよく言うが、本当にそうとしか言えないことがある。

それは、オーナーシェフの山崎ぶたぶた氏が、ぬいぐるみである、ということだ。

ル・ミステールのランチは軽めのランチプレートからしっかりめのコースまである。重めで充実感のある伝統的なフレンチも好きだが、そろそろアラフィフの千紗子としては、量がたっぷりなのにお腹には軽め、というここの料理が気に入っていた。誰を連れてきても満足してもらえる。プティフールやチョコレート、季節ごとに変わるデザートもおいしく、ついつい長居をしてしまうこともしばしばだった。

だが、ランチを利用しているだけでは、オーナーシェフの実体はわからない。いや、別に知ろうとも思わなかった。たまたま学生時代の友人二人が旅行でこちらへ来るというので、宿泊施設としてル・ミステールが浮かび、ちょっと提案してみたらば、なんと予約が取れたというのだ！　どうせなら何人かで泊まろうか、という話になり、四人ほどのなつかしい顔ぶれで集まることになった。

料理の味は知っているけれども、泊まるのは初めてなので、千紗子はワクワクしていた。古くからの友だちと一緒というのもうれしい。

午後三時のチェックイン時にしか来れない一人を除《のぞ》く三人で午前中に待ち合わせして、千紗子の車で観光をする。桜はもう終わっているが、どこへ行っても春の花盛《ざか》りで、気分も華やぐ。

行きつけのお店で軽めのランチを食べ、地元の人しか行かないような店でおみやげをすすめ、ル・ミステールへチェックインする。やっと四人揃って、再会を喜ぶ。

みんな大学での友だちだ。一緒に関西からやってきた育美《いくみ》と利津香《りつか》、東京から会社帰りにやってきた美也《みや》。最後に顔を合わせたのは、美也の結婚式の時だったか。もう十年以上前になる。育美と利津香の子供は千紗子の子供たちとほぼ同世代だから、子育て卒業記念みたいな旅行らしい。美也の子供はまだ小さいが、

「旦那《だんな》が面倒見るって言ったから！」

と晴れ晴れとした顔をしていた。

「すてきなオーベルジュだね！」

楽しい午後を過ごし、こんなかわいいところに泊まれるなんて！　とみんな喜んでくれる。こっちは鼻高々だが（いや、提案しただけだけど）、多分一番喜んでいるのは千紗子自身だろう。地元だから、泊まるきっかけというのはほぼないに等しい。「ブログに書ける！」みたいな気持ちもあった。何しろ最近の最大のストレス解消法なのだ。おいしいものを食べて、その感想をブログに書くことが。歳《とし》とともに量が食べられなくな

り、そういう意味でのストレス解消ができない代わりみたいなものだった。

夕食までの間は、部屋でゆっくりする。四人全員で同じ部屋なんて、大学の卒業旅行以来かも、とテンションが上がる。

「うわー、部屋に露天風呂もついてる！」

「もちろん温泉だよ」

ここら辺の宿泊施設は温泉を引いてあるところが多い。

「お肌がつるつるになるよ」

そう言うとみんな目の色が変わる。今回はせっかくの本格フレンチだし、みんなでお風呂に入って、ちゃんと着替えて食事をしよう、とあらかじめ決めている。はしゃぎながら順番に浸《つ》かっていたら、あっという間に時間が過ぎていく。大騒ぎをして支度するのすら楽しかった。

おしゃれをして、レストランへ降《お》りる。間接照明《かんせつしょうめい》とキャンドルで照らされた店内は、ランチタイムとはまったく違った雰囲気だった。テーブルクロスまで異なった素材を使っている。カトラリーの数も段違いに多い。

ちょっと緊張するが、友だちしかいないわけだし、人目を気にする必要もない。

「いらっしゃいませ」

パリッとした制服が似合うギャルソンが、深々と頭を下げる。

「今日のお料理ですが、説明はのちほどシェフがいたします」

お皿の上にはメニューが書かれたカードが載っていた。食材などが選べるコースと、シェフにおまかせコースがあるのだが、迷った末に選べるコースにしておいた。おまかせだと楽ではあるが、違うものを頼んでシェアするのも友だちとの食事の楽しみの一つだ。

「飲み物のメニューです。お料理の説明のあとでお決めになりますか?」

「そうですね」

それを踏まえておすすめしてもらいたいし。皆いける口だから迷っている。

食前酒が来て、改めてお腹がすいていることを実感した。甘くて口当たりのいいお酒を飲みながらレストランの内装をあれこれ褒《ほ》めていると、突然声が響く。

「今日はル・ミステールにようこそいらっしゃいました。わたしがオーナーシェフの山崎ぶたぶたです」

振り向いてもシェフの姿をすぐに捉《とら》えることができなかった。

皆が絶句《ぜっく》し、動きが止まる。

ほの暗いやわらかな光の中にとことこと現れたものは、確かに白いコックコート、コック帽《ぼう》を身につけていた。ただしそれは、バレーボール大のぶたのぬいぐるみ――まるで暗闇の中から歩いてきたように思えた。

いや、人間であってもそうやって登場するような状況なのだが――桜色のぶたのぬいぐるみが現れたことによって、背後の暗闇が別の意味を持ち始めた。少なくとも、千紗子にとっては。

これは……現実？

「今夜のお料理の説明をさせていただきますね」

しかも声が、こんなに小柄《こがら》（単に小さい）なのに、ごく普通の中年男性の声なのだ。――訂正。普通よりいい声だ。突き出た鼻がしゃべっているようにしか見えないけど。だって、鼻がもくもく動くんだもの。

「では、失礼いたします」

そう言ってテーブル脇《わき》のワゴンに飛び乗る。これで何するのかしら、と思っていたら、そういうことだったのか！

ワゴンに乗ったのでより間近になったが、やはりぬいぐるみであることには変わりない。目が黒ビーズではないか。そんな小さい目で見えるの!? いやいや……見える見えない以前の問題だ。

「まず前菜《ぜんさい》は、こちらの二種類からお選びいただけます――」

メニューを指（じゃなくて濃いピンク色の布を張ったひづめ？）先で指し示しながら説明をする（ちなみに足？ も同じだ）。

そこではっと我に返る。みんなどんな顔してるの!?

と目を走らせると、全員呆然《ぼうぜん》としていた。顔が引きつっていたり、不自然に目を落としていたり、人目も気にせずガン見していたり――千紗子に見られていることにも気づいていないようだった。

「本日のスープは平田農園《ひらたのうえん》さんの朝取り春野菜をふんだんに使った七種の野菜のポタージュです。今日の野菜は――」

なんかいろいろ入っているらしいが、全然頭に入ってこない。野菜がいっぱいというのだけはわかった。前菜は……何から選ぶんだっけ？

メニュー表があるから、あとでゆっくり選べばいいのだが――千紗子はこういう説明の時間が好きだった。食事に対する期待がゆっくりと高まる。メニューを見て決めていたのに、説明を聞いて迷うことも多い。それも楽しい。

しかし今は、ただただこのぬいぐるみを見つめることしかできない。えっ、あれ、そういえば、さっきこのぬいぐるみ、自分のこと「シェフ」って言ってなかったっけ？　シェフ？　このぬいぐるみが料理を作るの？　フレンチだよ!?

いや、和食だって変なんだけど。

しかし、フレンチと言えば、かっこよくフランベしたりするところが見せ場ではないか。ここはオープンキッチンなのだ。昼間は飲み物やデザートを作ったりしているのだが、ディナーはそのオープンキッチンで目の前で作ってくれる。と、さっきギャルソンが説明してくれた。

「魚は朝買いつけた新鮮《しんせん》な食材からお選びください」

ぬいぐるみがフランベとともに燃え落ちていくシーンが頭に浮かんで、クラクラしてくる。

「お肉は、牛、豚、鶏《とり》から選んでいただけます」

豚!?　ぶたのぬいぐるみが作る豚肉料理とは!?　大丈夫なの!?　これまたいろいろな

意味で。

悪い冗談としか思えない……。

「すべて地元のブランド肉です」

それもわかっていたのだけれど――彼が言うと別の意味に取れてしまう。

はっ、立ち直った友だちはいるかしら？

と再び目を移すと、さっきとはちょっと違った雰囲気が漂《ただよ》っている。あ、けっこうみんな熱心に説明を聞いてる！　あたしの方が違うことばかり考えてて、集中してない？

「おいしそう……」

隣に座っている美也は、肉料理の説明に対しての真っ当な反応をしている。おいしそうなのか⁉　聞《き》き損《そこ》なったのか、あたし⁉

さらにクラクラしてきた。ほとんどお酒も飲んでないのに……どうして？

まさか本当に現実ではない、ということなの……？

「あたし、豚にしようかな」

はす向かいに座る育美が言う。ここで豚をチョイスするのか？　勇気あるなあ。

「豚にするのってなんか悪い気がしない？」

向かいに座る利津香がこそっとつぶやく。うん、あたしもついそう思ってしまう。

「あたし、牛にする。仔牛《こうし》のフリカッセ」

利津香が言うと、ぬいぐるみが微笑んだ。なぜかそう見える。

「仔牛は今の時期旬ですので、おすすめです」

その言葉は、ぬいぐるみならではの衝撃《しょうげき》を皆に与えた。普段そんなこと思いつかないのに。少なくとも千紗子はぐるぐる考え始めてしまう。

仔牛……旬……仔牛……このぬいぐるみくらいかも……いや、もっと大きいか……それが料理する……仔牛……。

「あ、あたし鶏にしようかな、ホロホロ鳥」

食べたことないからどうしようと思ったのだが、牛と豚に躊躇《ちゅうちょ》するならこれしか残っていない。

「ごゆっくりお選びください」

ぬいぐるみの言葉に甘えて、四人で額《ひたい》を突き合わせる。しかし、小声で話すのは目の前の衝撃的な光景のみだ。

だから出てくる言葉は、

「ちょっと何？」

「現実？」

「千紗子、知らなかったの？」

「全然知らないよ」

そんなようなことばかりだった。ぬいぐるみに気をつかって、核心《かくしん》にはなかなか触《ふ》れられない。

でも、話しているうちに、みんな笑顔になっていった。

いちいちショックを受けてばかりなのだが、だんだん楽しくなってきたのだ。優雅でおいしいフレンチのディナーを食べるだけ、と思って来たら、エンタメ的なおまけもあったという感じで、こう言ってはなんだがお得感もある。多少疲れもある——かな？

結局、美也と利津香が仔牛、育美は最初に言ったとおり豚、そして千紗子はホロホロ鳥になった。

ここでソムリエが現れる。この人は確かに人間だった。

それぞれの料理と好みを言うと、ソムリエが的確《てきかく》なワインを選んでくれた。ワインセラーだけでなく、他のお酒も充実しているらしく、いろいろすすめてくれる。

千紗子は酒に弱いので、普段はほとんど飲まない。けれど今日は泊まりだし、一杯くらいなら大丈夫だから飲もうかしら。地酒の発泡《はっぽう》日本酒――前にちょっと試飲したらおいしかったから、これにしよう。

「これはお魚によく合いますよ」

ぬいぐるみが言う。よかった。前菜を魚にして――と思わず笑いを返してしまう。いや、もちろんいいんだけれど、どうもなんか……顔というか、あの点目を見るとドギマギしてしまう。

ぬいぐるみは、こちらの注文が終わると、頭を下げ、

「では、おうちにいる時のようにリラックスして、お食事をお楽しみください。前菜までに一口アミューズをお出しします。お飲み物とともにどうぞ」

そう言って、オープンキッチンに登っていくではないか。人間ならただ入るだけだが、バレーボール大ではよじ登ってやっと顔が出る、という高さだ。しかし、身長を補《おぎな》う台があるらしく、キッチンからちゃんと上半身が出る（元々三等身くらいなのだが）。

そして、手慣れた感じで包丁《ほうちょう》を手に取った。

野菜を切ったり鍋《なべ》をふるったり、ソースを合わせたり——よく見るフレンチのシェフと変わらないことをやっているのだが、それがぬいぐるみであると思うと——なんだか映画でも見ている気分だった。

「ど、どうやってものつかんでるのかな?」

「だよね……。鍋つかみみたいだよね」

などとコソコソ会話を交わす。これは、料理中の姿もエンタメ要素の一つということなの? どう解釈《かいしゃく》したらいいの?

一口アミューズ(レバーペーストが薄く塗《ぬ》られたカリカリチーズ)をもぐもぐしながら、みんなで目を凝《こ》らす。

もちろん助手(若い男性と女性が奥から交互に現れて補佐《ほさ》している)もいるので、全部ぬいぐるみがやってるわけではないし、それもまたこういうレストランだったら普通なわけだが——彼らのコンビネーションがまた見事で、なんだか見惚《みと》れてしまう。

食材を手際よく調理して美しく盛りつけられるのも、補佐がしっかりしているからだ。注意をする時も穏《おだ》やかな口調《くちょう》で(ぬいぐるみだから?)、それに即座に対応できる助手たちにも好感を抱いた。

前菜ができあがると、すぐにギャルソンが料理をテーブルへ運んでくる。どの料理もできあがるタイミングが同時で、素晴らしい。

春野菜がたっぷり使われていた。千紗子が頼んだのは金目鯛《きんめだい》。カルパッチョ仕立てになっている。近くに海があるから、魚が新鮮だ。ソースのわずかな酸味《さんみ》に旨味《うまみ》が引き立つ。うん、これはこのワインみたいな日本酒が合う。一杯しか飲めないけど。

自家製という焼きたてのバゲットは何もつけなくてもいいくらいおいしい。おかわりしたい、と思ってそれをやっちゃうとあとが大変なんだよね。気をつけないと。

みんなでわいわいシェアして食べる。気楽なお店でならいつもやっていることだが、静かな店では遠慮してコソコソやりとりする（あるいは我慢する）。でも、今日は自分たちしかいないから、「あ、それおいしそう」「おいしい、これ食べなよ」と一口ずつ分け合う。久しぶりに会ったのに、みんな昔のままだった。

ワインも味見した。発泡日本酒のおいしさにみんな驚いて、「あたしも飲もう」と言い出す。ちょっとうれしい。たまたま選んだだけなのに、自分の手柄《てがら》みたいに思える。

スープが出てきた。七種の野菜のポタージュか。これは、助手の人が鍋から注《そそ》いでいた。すでにコトコト煮込んでいたらしい。飲んでみると、意外なことにどんな野菜が使われているのかわかりやすい。ただいろいろ混ぜて作ったわけじゃないとわかる。山菜《さんさい》なんかも入っているのかも。野趣《やしゅ》あふれる味わいだ。

「うわっ」

美也が突然声をあげた。

「何？」

「今、フランベしてるんだけど――」

と言った瞬間、みんながオープンキッチンに向く。しかし、もう炎《ほのお》は上がっていなかった。ぬいぐるみはせっせと盛りつけを始めている。

「ええー、見たかった」

千紗子は思わず口にする。隣の美也は見ていたのに――なんたる不覚っ。

「肉の時に見られるかな？」

「そうじゃない？」

適当なことを言う。期待をしているだけだ。

「鼻、焦《こ》がしてなかった？」

育美が美也に訊《き》く。

「いや、そこまでは——ぱっと上がって、すぐに収まったから」

普通そんな感じだよね。今見た感じ、鼻はなんともないみたいだし。

「いちいち焦がしてたら毎日料理なんかしてらんないよ」

と利津香が言う。

「毎日……ランチもあのぬいぐるみ……さんがやってるのかな？」

ぬいぐるみと呼び捨てもどうか、と思い、千紗子はさんづけをする。

「ええっ、ぶたぶたさんが⁉」

美也が言う。もうそんな親しげに思っているわけっ⁉

「普通そうでしょ。だってオーナーシェフって言ってたんだから」

利津香が言う。

「ランチはオープンキッチン使ってないんだよね」

千紗子の言葉に、

「ええっ、なんかもったいないね」

と育美が言う。

「もったいないってどういう意味よ？」

「だってほとんどショーじゃん、あのぶたぶたさんは」

「夕食でしか見られないから貴重ってことじゃない。泊まらないと見られないんだよ」

美也が言う。

「育美と利津香に感謝だね」

二人が旅行に来なかったら、多分ランチだけで満足していただろう。千紗子の言葉に育美は、

「言い出しっぺは利津香だから、ぜひこの人を讃《たた》えてあげて」

と言い、大笑いしながら三人が「ははーっ」とお辞儀《じぎ》をする。

一日一組だけだから、こういうことをしていても許されるのだ。みんなほどよくお酒も入っているから、よく笑う。

「お魚でございます」

千紗子が選んだ魚は春鰹《はるがつお》だ。表面をカリッと焼いて、中はレア。生姜風味《しょうがふうみ》のソースで、くさみもなく香ばしい。ふふっ、すごく上品なたたきだな、と笑みが漏れる。この香りは、ワラではなくハーブかな? 鱧《はも》も蛤《はまぐり》もおいしかった。もちろんシェアしまくりだ。

肉料理の前に、ソルベが出てきた。いや、これはシャーベットというより、かき氷？スライス？

「地元でもこの時期しか出回らないいちごを凍《こお》らせて削《けず》ったものです」

もちろん、デザートには生《なま》で出されるそうだが、こうやって食べてもおいしいと言う。いちごの形のままスライスしたソルベだ。甘みと香りが強い。

もちろん、これを削っているぶたぶたの姿も見ていた。凍った小さいいちごを普通にスライサーで削っていた。いちごを持つにはちょうどいい手の大きさだし、熱で溶《と》けることもなさそうだし、最適だ、と思った。

そして、ついに肉料理だ。

四人で顔を見合わせる。フランベするところを見逃《みのが》さないようにしないと。それもまたメインディッシュと言える。

おしゃべりもせずに、オープンキッチンを凝視《ぎょうし》する。網焼《あみや》きしたり、フライパンをオーブンに入れたり、と忙しい。というより目まぐるしい。あんなに小さいのに、何人分も働いているように見える。あっ、小さいから小回りがきくのか。

なかなかフランベしないな、もしかしてやらないのかしら、と思った頃、ようやく

――――！　しかも、千紗子のホロホロ鳥で！

最後の香り付けのためのフランベなので、炎の色は薄かったが、確実にぶたぶたより は大きい。さっと鼻というか顔を引いたのが見えた。慣れた様子だった。やはり始終《しじゅう》やっているから、避《よ》けるのなんてお手の物なんだろう。

とにかく燃えなくてよかった。

骨付きホロホロ鳥のソテーがやってきた。初めて食べたけど、肉がこんなに柔らかいとは！　皮はパリパリで、脂《あぶら》ものっているのだがクセがないので、どんどん食べられる。量が多いかな、と思ったけれど、これくらい余裕だ。

仔牛のフリカッセも豚肉のグリエもおいしい。豚肉は脂身がカリカリだった。ここまででだいぶお腹いっぱいになってしまうのがフランス料理だ。パンもけっこう食べてしまったし。

そこへ、ぶたぶたがデザートのワゴンを押してやってきた。ギャルソンが小さなテーブルと台を用意する。

「デザートプレートは、ここに並んでいるものどれでもお選びいただけます。他にアイスクリームもございます。本日はバニラといちごと紅茶です」

ケーキにフルーツにチーズ、プティフールも一緒に選ぶらしい。チーズとフルーツ以外は、全部ぶたぶたが作っているのだろうか？

「ケーキはいちごのアンペラトリス、ガトーショコラ、フルーツはいちごとびわ、デコポンです。プティフールとチーズは、こちらです」

別紙にまとめてある。プティフール——焼き菓子は、もしかしておみやげに買えるのかな。

「あのう——」

育美が手を挙《あ》げる。

「すべて選ぶというのも……？」

「もちろんです。少しずつ食べたいというお客さまもたくさんおられますよ」

「じゃあ、思い切って全部で」

「あ、あたしも！」

美也も手を挙げる。利津香は、

「あたしはお腹いっぱいなので、ガトーショコラといちごのアイスと、いちごとびわとフィナンシェを」

それでもけっこう盛るわね、と千紗子は思う。

「あたしは……アイスは三種少しずつってできますか？」

「はい」

「それと、アンペラトリスと、いちごとチーズを」

軽めのフレンチであっても、そして割と甘いものは別腹《べつばら》な方なのだが、これだけ食べたらお腹はかなりきつい。デザートをもっと食べたくてもちょっと無理だ。でも、アンペラトリスって一度食べてみたかった。お米を使ったタルトなのだ。

「コーヒー、紅茶、ハーブティー各種がございますが、コーヒーと紅茶はデカフェもお選びいただけます」

育美と美也の前に、どーんと全部盛りのプレートが置かれる。ぶたぶたが小さなテーブルでケーキやフルーツを切り分け、盛りつけ、ソースやチョコレートで飾ったりしているのを見ているうちに、頼めばよかった、と後悔するくらい、本当にきれいで楽しい。

でもいいんだ。アンペラトリスはすごくおいしかった。タルト生地につぶつぶ感のあるライスプディングが敷《し》き詰《つ》められ、その上に新鮮ないちごがたっぷり。ミントの葉がアクセントになっている。食べたことのないものが食べられて、とても満足だ。

そして最後は塩気のあるチーズで締《し》めたい。甘いものは大好きだけど、なぜかそうしたい。おやつも甘いものとしょっぱいもの両方食べたい方なのだ。

デカフェのコーヒーも、味気《あじけ》ないものが多いけれど、ここのはおいしかった。夜はやはりカフェインを避《さ》けたい。でも普通のコーヒーの方が夜眠れなくて、みんなとたくさん話せるかなあ……。と、子供みたいなことをつい考えてしまう。

「ご満足いただけましたか？」

ぶたぶたが台に立ったまま言う。

「はい、とっても！」

四人とも口々にそういうことを彼に伝えようとするが、お酒のせいか、おいしくて興奮《こうふん》したせいか、ぶたぶたの調理中の様子が楽しすぎたせいか、バラバラで全然伝えられている気がしない。

「ありがとうございます」

しかしぶたぶたは、まるで聖徳太子《しょうとくたいし》のように全部わかりましたみたいな顔をして、お礼を言ってくれた。

「それで、朝食についてなのですが――」

普通ならこんなお腹いっぱいの時に訊かないでよ、と思いそうだが、朝食にはいったい何があるのか、とつい身を乗り出してしまう。

「洋食と和食、どちらになさいますか？」

これも悩む質問だが、千紗子としてはもっと気になることがある。

「朝食はレストランでとるんですか？」

「これもディナーと一緒で、レストランでもお部屋でもかまいません。夏だとテラスで食べるのがおすすめですが、今の時期はまだ涼《すず》しいですね」

森の中だしね。残念。テラスはランチで利用したことはあるが、朝はまたすてきだろう。

「レストランでとる場合、やっぱりオープンキッチンで作ってくださるんですか？」

「はい。玉子《たまご》料理などの温かいものはあそこで作ります。お好みの焼き加減などおっしゃってくださいね」

みんなの目の色が変わる。

「メニューもビュッフェのようにはいきませんけれど、ある程度はリクエストにお応えいたします」

朝食は、和洋ともに玉子料理と生野菜サラダ、ヨーグルト、ミルク、生ジュース、コーヒーや紅茶などは必ずついてくるという。和食の場合はそれに一夜干しした焼き魚と漬物《つけもの》、ごはんと味噌汁《みそしる》。洋食は自家製ソーセージ入りポトフ（スープがわりらしい）、自家製パンとジャムがつく。

「パンはパンケーキにすることもできます」

ここでまたみんなで盛大に悩んでしまう。今決めねばならんのか……。

「とりあえず、和洋二食ずつは頼もうよ」

「うんうん」

千紗子の提案に、皆がうなずく。

「一つパンケーキにしてみる？」

「そうだね」

「玉子料理も今決めた方がいいですか？」

「あ、いえ、和洋どちらか決めていただくだけでけっこうです。洋食の一つはパンケーキですね？」

「はい」

みんなそれを頼んだわけではないのに、全員で返事してしまう。がっつきすぎだ。

部屋に帰ってから、それについて反省会という名のおしゃべりが始まる。

「オーベルジュで気取りたいっていう意気込みが空回《からまわ》りして終わったわ」

美也があきれたように首を振る。

「仕方ないよ。ぶたぶたさんを見て平静でいられる？」

育美の言葉に、誰もがうなずく。

「せっかくおしゃれしたのに――」

美也の言葉に利津香が、

「でも、みんなで集まったらだいたいこんな感じじゃない？　今日はぶたぶたさんというイベントもあったけど」

「まあ、そうだよねー」

千紗子も同意する。そして全員で笑った。

「あーあ、お腹いっぱい。ワインもたくさん飲んじゃったし、笑いすぎて疲れたわ」

育美はもう眠そうだった。コーヒー飲んでたのに！

「デカフェじゃなかったよね？」

「普通のコーヒーでもすぐ眠くなるんだよ」

なんだかすごく若い感じがする。

そこから怒濤《どとう》の健康トークに突入する。病気やら日々の不調やら、親の具合とか——いろいろ話しているうちに、育美はもう寝ていた。

「昔っからそうだよねー」

なかなか夜更《よふ》かしができない、と愚痴っていたことを思い出す。いっぱい寝るから、若いのかもしれないな。

残った三人でしばらくおしゃべりしていたが、昔ほどの粘《ねば》りがない、と実感する。もっと話していたい、もったいない、と思っても睡魔《すいま》と歳には勝てない。ほどほどで切り上げて寝てしまった。お風呂は明日の朝入ろう。露天風呂は寒いだろうか。

次の日もいいお天気だった。

いつもの時間に目覚めてしまうのがちょっと悲しい。でも、今日は露天風呂がある！

少し寒かったけど、入った。湯船に浸かるととても気持ちいい。ぼんやりしていた頭だけが冷えて、次第に目覚めていく。

朝もやが山の稜線《りょうせん》に沿《そ》って浮かんでいた。変わっていく空の色を見ていると、ここはどこなんだろう、という思いにかられる。

昨日からずっと、学生時代の友だちと一緒にいて、家族のことも気にしなかった（連絡がないから、特に問題はなかったはずだし）。おしゃれしておいしいものを食べて、ちょっと高いお酒を飲んだり、食べたことのないデザートを堪能したり。

友だちと喉《のど》がかれるくらいしゃべって、料理をシェアして、くだらない愚痴を言って笑い転げたり——そんなことを、温泉の中で思い出している。

ああ、あたしは幸せなんだな、と感じた。

いろいろ先の不安はある。そのための準備が充分できないかも、と考えることもあるし、いつ家族の誰が、そして自分が病気になるかわからないし、誰の仕事もずっと順調であるかどうかも見えない世相《せそう》というのも承知《しょうち》している。

しかし、この瞬間だけは紛《まぎ》れもなく幸せだ。それは、昨日からずっと続いている。

「あっ、早いね」

美也もやってきた。二人くらいは充分入れる浴槽《よくそう》である。

「利津香と育美はまだ寝てるよ」

「育美は誰よりも早く寝たのに、起きるのも一番遅いのかな」

「睡眠時間は長いに越したことないよー。寝不足は諸悪《しょあく》の根源《こんげん》よ」

美也はしみじみ言う。

「今回、無理して来てよかったよ。子供の面倒見てもらえないかと思ったけど、けっこうあっさり旦那が引き受けてくれて」

美也はうれしそうに、だがちょっと寂《さび》しそうに言う。

「お母さんがいなくても大丈夫って子供からメッセージが来てさー」

「いいじゃない。これからもたまに会おうよ」

育美と利津香は関西にいるからめったに会えないが、美也は東京と近いのに、結婚してからほとんど会っていなかった。

「そうだね。今度からはそうする」

部屋の中から利津香がこっちを見ている。

「いいなあ、あたしも入ろうかな」

予想どおり、育美が一番起きるのが遅い。千紗子と美也は、笑いながら風呂から上がった。

やはりテラスで朝食を食べるのはちょっと寒すぎた。あー、残念。

そのかわり、なのか、窓際に席を作ってあった。

「おはようございます」

ぶたぶたは、すでにオープンキッチンにスタンバイしていた。テーブルには、サラダ、果物入りヨーグルト、和食には漬物、洋食にはバターとジャムがすでにセッティングされている。

今朝は女性のギャルソン――女性の場合はセルヴーズか――が注文を取りに来る。

昨日話し合った結果、千紗子は洋食でパン、美也がパンケーキ、あとの二人が和食になった。

さて、玉子をどうするかだ。

「パンは何があるんですか？」

「クロワッサンとバターロールとバゲットです。すべて今朝焼いたものです」

王道だわ。

「朝だと焼きたてが食べられるってことですかね？」

ランチのパンと昨日のディナーのパンは明らかに違っていた。朝にランチの分のパンも焼くんだな。

「そうですね。クロワッサンは朝食のみですが」

泊まらないとわからないことだ。

「じゃあ、全部一つずつ」

昨日あんなに食べたのに、もうお腹が減っていた。他のみんなもつやつやした顔をしている。温泉の効果だけでなく、昨日のディナーがとても楽しくて、めちゃくちゃ笑ったからではないだろうか。もちろん料理もおいしく、食材は新鮮で野菜もたっぷりで――あと、ほどほどでちゃんと寝た、というのも大きい。育美が寝てしまったのにつられたところがあるかも。

目覚まし時計で起きなかった、というのもいいのかも。する必要ない早起きをしちゃったけど。

「玉子は――オムレツで」

朝食バイキングなどで玉子料理を注文する時は、オムレツと決めている。自分でめったに作らないし、子供もあまり食べないから。オムライスなら作るんだけど。

ぶたぶたはなんだかオムレツが上手《じょうず》そうに見える。いや、上手に決まっているのだが、よりそう見える。昨日のシェフという雰囲気《ふんいき》ではなく、今朝は森のコックさん風に見えるからか？　いや、昨日も森のコックさんだったかな——。

「中に何か入れますか？」

反対にたずねられて、はっとする。

「え、何があるんですか？」

「チーズ、キノコ、トマトなど、厨房《ちゅうぼう》にあるものならなんでもいいですよ」

「何が人気ですか？」

「チーズとプレーンですね」

ああ、まさにこの二つで悩んでいたのに。二つ——二つは食べすぎ……。

迷い迷って、プレーンにした。オムレツの味は、やはりプレーンが一番よくわかる。

美也もオムレツと悩んで、結局チーズ入りのスクランブルエッグにした。

和食の二人は、それぞれだし巻き玉子にしたが、育美は青ネギ入り、利津香はしらす入りだ。その場で手早くくるくるっとまとめてしまう。しかも、四人分同時に玉子料理ができあがるように、キッチン内を動き回る。

今朝も身を乗り出してぶたぶたを見てしまうのであった。しかも、美也のパンケーキも焼いているのだ！　甘い香りもしてきた。

あー、あたしもパンケーキにすればよかったかなあ。でも、焼きたてクロワッサンは朝しか食べられないっていうし——もう、全部選べればいいのに！

甘いものにはそれほど執着《しゅうちゃく》はないのだが、他の料理とかパンとかは気になる。ただしなんでも限界はある。

玉子料理とパンケーキがほぼ同時に運ばれてきた。パンやごはん、味噌汁やポトフも並ぶ。

「うわー、なんか豪華！」

みんなでシェアをすれば、朝食ビュッフェと変わらないではないか！

玉子料理はどれも絶品だった。オムレツは中身はとろとろだが、しっかりフォークに載る。とろとろすぎるのは好みでないので、すごく気に入った。バターがたっぷりで、味もとてもまろやかだ。もうカロリーは無視無視。

スクランブルエッグは火から降ろしたあとにチーズを入れて、ふんわり仕上げている。

スクランブルエッグって口当たりよく作るのってけっこう難しい。結局混ぜちゃえば一緒でしょ、みたいになってしまって、べちゃっとしていて皿に残ってしまうものも多いが、ここのスクランブルエッグは残らない。でも固まりすぎてないのだ。火から降ろすタイミングが難しいんだろうなあ。

だし巻き玉子は熱々のを食べると全然別物に思える。だしをギリギリ少なめにして、軽く仕上げている。青ネギもしらすも思ったよりもたくさん入っているが、割って食べても崩壊《ほうかい》しない。特にしらすはぷりぷりなのに！

一夜干しもここの自家製らしく、昨日仕入れたものの中から厳選して作っているそうだ。今日はサヨリ。小ぶりなので、二匹あった。あっさりしているが、脂がのっている。

クロワッサンはサクサクで、バターがじゅわっとしみ出るようだった。バターロールは柔らかく、ちょっと塩気が利《き》いている。バゲットはバター、ジャムどちらでもおいしいが、玉子を載せたり、スープに浸《ひた》したりと楽しめる。

味噌汁はネギとわかめと豆腐《とうふ》とシンプルなものだったが、けっこう具だくさんだった。わかめとネギは地元のもの、豆腐も近所のおいしい豆腐屋さんから買いつけたものだという。ごはんはおかわり自由だったので、育美と利津香は二杯食べていた。

　そして、パンケーキだ。スキレットに入ってやってきた熱々のパンケーキは、気泡《きほう》が細かく、ふっくらしていて、メープルシロップがよく染みる。みんなで取り合いになるほどだった。あっという間に完食してしまう。

　どれも大満足の朝食だった。朝からよくしゃべったし。

「いかがでしたか？」

　食後のコーヒーを飲んでいると、ぶたぶたがテーブルにやってきてくれた。

「とてもおいしかったです！」

　特に何がと決められないくらい！　一番は、楽しく食事ができることだ。あたしたちはちょっとうるさい、と自覚している。

「シェアとかしてお行儀《ぎょうぎ》悪かったですかね……？」

　思わず訊いてしまうが、

「そんなことありませんよ！　すごく楽しそうにお食事されているので、こちらもうれしくなりました。ありがとうございます」

　とぶたぶたは言ってくれた。散らかしたりはしていないし、シェアする以外はマナーもきちんと守っている。はず。

お礼が言いたいのはこっちの方だ。来てよかった。ここのよさは、本当に泊まらないとわからない。ランチとは全然違うし、とにかくぶたぶたとはディナーじゃないと会えないので。

チェックアウト後は、ぶたぶたを始めとしたスタッフが並んで見送ってくれた。そこで初めて、コック帽を取ったぶたぶたを見た。耳——思ったよりも大きかった。そして、右側がそっくり返っている。これも泊まらないと見られないものに違いない。

その日は四人で東京観光をして、夕方には解散した。

「また連絡するね！　あそこのランチ食べたい！」

と言って、美也は帰っていった。じゃあ、今度こそテラス席だ。

という感じで、楽しく帰ってきて数日たったが、まだブログが書き上がらないわけだ。買って帰ってきた焼き菓子を、もうとうに食べ尽くしてしまったというのに。書くのを迷ったりもしたのだが、美也たちにも「更新楽しみにしてるよ～」と言われているし、自分としても書かないという選択肢はない。

とにかく迷っているのは、ぶたぶたのことを書くかどうかなのだ。書きたい、とは思うが……そうするとやたら長くなるはず。記事はそんなに長くしないようにしているのに。

でも、書きたいことはいっぱいある。

その半面、ひっかかっているのは「謎」――店名の「ル・ミステール」だ。

どうしてぶたぶたは、自分の店にそんな名前をつけたのか、ということ。

つまりそれって結局、彼自身、自分が店にとっての最大の「謎」だ、ということがわかっていたからじゃないだろうか。それはたとえば、

「この店で目にしたものは、決して口外《こうがい》しないように」

と言われても納得するくらいの謎だ。

けど、別にそんなことは言われなかったし、写真も撮《と》ってOKだった。ぶたぶたと一緒には撮れなかったのだが、それだけが一応、お店のコンセプトを守ったところなんじゃないのか。

だから、ぶたのぬいぐるみが料理を作って超おいしかった！　と書いたって別にいいのだけれど、それってえーと……レビューとは違うものに思われてしまうのではないだろうか。ぶたのぬいぐるみの写真やら動画やらを一緒にブログに載せないと説得力もな

いし。

千紗子はいろいろ悩んだ末、いつものようにお店の外観やレストランや部屋の内装、窓やテラスからの眺《なが》め、テーブルセッティングやカトラリー、もちろんおいしい料理の写真をふんだんに載せた記事を書く。

そして最後に一文だけ書き加えた。


ここは、フランス語で「謎」を意味する店名どおり〝謎のオーベルジュ〟と言われているらしいが、実際はディナーと宿泊が一日一組なので予約がとても取りづらく、それで「謎」とか「幻《まぼろし》」とか言われているのだ。

ただこのオーベルジュ、〝ル・ミステール〟の最大の謎は、おそらくディナーを楽しみ、そして泊まらないとわからない。

ミステリーにネタバレは禁物《きんもつ》なのだ。


締めの言葉に一人でほくそ笑み、千紗子はブログを更新した。

サプライズの森〈夏〉

早藤梓《はやふじあずさ》が、とある観光地に謎のオーベルジュがある、という噂《うわさ》を聞きつけたのは、去年のことだ。

オーベルジュというのは、郊外《こうがい》や地方にある宿泊施設《しせつ》を備えたレストランのこと。地《じ》のものを使った料理やお酒を時間を気にせず楽しみ、次の日はゆっくりと観光などをして帰る。ちょっと贅沢な時間を提供《ていきょう》してくれる場所だ。

ちょっと贅沢な時間――疲れたアラサーＯＬにとって、これほど憧《あこが》れる言葉があるだろうか。想像するだけで癒《い》やされる気がする……。

少し背伸びをすればオーベルジュで優雅な時間を過ごすこともできるだろう。しかし、謎のオーベルジュとなると――いや、それのどこにメリットがあるのか、というのもわからないのだが。別に「謎」でなくても優雅な時間は過ごせるだろうし……。

でも、「謎」という言葉にはどうしても惹《ひ》かれる。より特別感があるではないか。

梓がそのオーベルジュのことを知ったのは偶然だ。ぶっちゃけ、盗み聞きというべきか。

会社にやってきたお客さんから聞いたのだ。うちは小さな事務所で、お客さんへのお茶出しなどは手の空《あ》いた者がやる（社員の飲み物は各自用意する）。上の人でもやるし、ペットボトルなどを持参《じさん》して「お茶いらないよ」と言ってくれるお客さんもいるのだが、その日のお客さんはそういう人ではなく、比較的《ひかくてき》手が空いているのは梓だった。

社長と話していたその女性は、オーベルジュのことを声高にまくしたてていた。

「この間行ったオーベルジュは、ミシュランの一つ星だったんですよー」

「そうなんですかー」

社長はあまり興味なさそうに聞いていた。オーベルジュって知らないのかも。女性は特にそれは気にもせず、どこにあるとかいくらくらいだとか楽しげに話している。

「客室もとてもきれいで、豪華だったわー」

「ホテルなんですか？」

やっぱり知らなかった。

「いいえー、オーベルジュです」

会話が噛《か》み合ってないなあ、とお茶を用意しながら梓は思う。質実剛健《しつじつごうけん》を絵に描いたような社長は、ちょっと梓に助けを求めるような視線を向けたが、あまり口をはさむのもなあ。

「そこもとてもよかったんですけどね、なんか最近耳にした噂では、その近くに謎のオーベルジュがあるんですって」

「そうなんですか」

わからない上に「謎」とか言われた、どうしよう——と社長はきっと思っているに違いない。梓はさりげなく、お茶とおみやげのお菓子をお出しした。

「とてもおいしいお料理が出て、建物がかわいくて、しかもオーナーシェフがすてきな人なんですって」

「はあ、なるほど」

イケメンシェフとかどうでもいいよ、みたいな口調で社長は返事をする。しかし、お客さんは特に気にする様子もなく、熱心に話を続ける。

「そこに行ってみたいと思ってるんですけど、ご紹介がないと行けないみたいで」

「そうなんですか」

「ご存じないですか？」

「いやあ、そういうのはとんと疎《うと》くて——」

そこで梓は退出する。お客さんはそのあと、自分の持ってきたおみやげのお菓子を自画自賛《がじさん》して（実際おいしかった）、仕事の話に入っていった。


以来、そのオーベルジュが気になってしょうがない。

最近仕事がとても忙しく、そのせいで彼氏と自然消滅《しぜんしょうめつ》みたいな形で別れてしまったくらいなので、何かで自分を癒やしたい。何か——つまり、特別感のあるところで。

そしてもう一つ。幼《おさな》なじみの重政《しげまさ》みづきの誕生日が近いので、そのサプライズにどうかな、と思ったのだ。

みづきとは保育園の頃からのつきあいで、大学は別々だが、それ以外ではすべて同級生だった。二人とも小さい頃からサプライズが好きで、特に互いの誕生日は恒例行事《こうれいぎょうじ》になっている。

ただ驚かせればとか、高価なものをあげれば、とかではなく、相手がその時本当に欲しいもの、望んでいるものをあげる、というルールは、小学生の時から守っている。離れてしまった大学時代、いつも一緒にいて観察もできないから、もう驚いてくれないのではないか、と思ったけれど、なぜかそういうこともなく、なんとなくみづきが欲しがっているものがわかったし、向こうも梓が喜ぶものを贈ってくれた。

長いつきあいだから、わかるものなのかもしれない。

みづきの誕生日は八月二十四日で、今年は金曜日だ。金曜日から土曜日にかけてオーベルジュに泊まり、土曜日に観光して帰るなんて、完璧なスケジュールではないか。しかもその地域は、東京からも日帰りで気軽に行ける距離で、「たまには遊びに行きたいな」とずっと思っていた。

実はみづきとは最近少しぎくしゃくしていたので、これを機《き》に仲直りしたい。いや、別にケンカをしたとかではなく、こっちが一方的に避けていただけなのだが。

それを自分でもどうにかしたい、という気持ちでのサプライズなのだ。

まずは「謎のオーベルジュ」の噂を検証しなくては。

しかしこれは、ネットでちょっと検索するだけで一応出てきた。

くわしいことが載っていたのは、とあるグルメブログだ。ブロガーは地元に住んでいるという。

ここは、フランス語で「謎」を意味する店名どおり〝謎のオーベルジュ〟と言われているらしいが、実際はディナーと宿泊が一日一組なので予約がとても取りづらく、それで「謎」とか「幻」とか言われているのだ。

つまり、とても人気ということか。果たして予約が取れるだろうか。ちょっと不安になるが今は二ヶ月前——うーん……。

他にも「謎」「幻」「奇跡《きせき》」等の冠《かんむり》がついているオーベルジュはいくつかあったが、みんな同じような理由だった。本当の意味での「謎」ではなく、もちろん客を選ぶわけでもない。

ちょっと残念な気もしたが、文字どおりの意味だったらきっと店に入ることすらかなわないだろう。

ただ、そのグルメブログには、一つ気になることが書いてあった。

ただこのオーベルジュ、〝ル・ミステール〟の最大の謎は、おそらくディナーを楽しみ、そして泊まらないとわからない。

最大の「謎」ってなんだろう。泊まらないとわからないなんて、やっぱり気になる。その謎をみづきへのサプライズにしたい。

しかしさすがに一度泊まっての下見は予算的にも厳しい。ランチをやっているというから、行ってみようかな。

梓はたまっている有休《ゆうきゅう》を梅雨《つゆ》の晴れ間という予報に合わせて取り、朝から電車に揺られて、オーベルジュ〝ル・ミステール〟のある町へやってきた。

平日だが、一見して観光客とわかる人がたくさんいた。外国人も多い。予報がばっちり当たってとてもいい天気なので、トレッキングみたいな格好をしている人もいる。海も近いが、山もあるんだよなー、この町は。

こういうところって、おいしいものがいっぱいあるはず。ますます期待してしまう。

ル・ミステールは、最寄《もよ》り駅というか、どの駅からも歩いて行くには遠すぎた。しかし、歩けない距離でもないというのも調べてある。一時間くらいかな……。下見なので、タクシーを使うのも躊躇してしまう。

日頃の運動不足を補うためのウォーキングを兼《か》ねようと思っていたから、梓は駅前でペットボトルの水を買い込んで、さっそく歩き出す。六月とはいえ、熱中症《ねっちゅうしょう》対策は万全だ。

地図はスマホのアプリがあるから大丈夫。だいたい紙の地図って方角《ほうがく》が全然わかんないのよねー。


地図アプリのとおり歩いていったら、道に迷ってしまった……。

どこなの、ここは……。森の中だというのはわかるけれども。

一時間どころか、もう二時間以上歩いている。GPSもぐるぐる回るばかりだし、なんだか同じところばかりを歩いている気がするんだけど!? なんなの、ここ!? 迷いの森!? 曲がるタイミング間違えた!? 涼しいのはありがたいんだけど!

これでは、ランチに間に合わないではないか……。ル・ミステールは平日も行列ができるらしい。特にテラス席が人気で、今日みたいな天気のいい日は、テラス席のみの行列もできるという。ってネットに書いてあっただけだから、本当かどうかはわからない。

それはともかく、この森から抜けねば。こんなところで遭難《そうなん》なんてしなさそうだけど、日が暮れたらそれもありえる。携帯《けいたい》の電波は一応入るから、いざとなったら助けは求められるが、ちょっと恥ずかしい……。

森の中にあるオーベルジュ、というからには、こういうところにあってもおかしくはないんだろうけど、そこまでたどりついて行列が作れる人たちってどういう人なんだろうな――。

そんなことをぶつぶつ考えながらさらに森の中をさまよう。ああ、もう……ほんとにランチ終わってしまうかも。なんのために来たの？　どうしてあたしは方向音痴《おんち》なの――などと嘆《なげ》いていると、何か気配を感じた。

動物？　それとも人？　人なら、道を教えてもらえるかしら。けど、変な人だったらどうしよう。周りに誰もいないわけだし……。ちょっとどんな人か確かめてから、声をかけようかな。

でも、気配が近づいてくるにつれて、枝や草がつぶれる音などがしないので、これは動物だな、とわかる。体重の軽い小動物。猫？　いや、リスくらいの大きさかな？　鳥の可能性もある。

しかしそれはそれで見てみたい。こんなところで野生動物を見られるなんて、ちょっとうれしいじゃない？

しかも、こっちに向かってくる！　わくわくしながら木の陰《かげ》からうかがうと、そこに現れたのは——確かに軽そうな小動物だったが、想像とはまったく違っていた。

そこにいたのは、小さなぶただった。薄ピンク色の身体に、突き出た鼻、右側がそっくり返っている大きな耳。黒目がちの小さな目——っていうか、あれ黒いビーズがくっついているようにしか見えないんだけど⁉　さらにご丁寧《ていねい》に、手足の先には濃いピンク色の布が張ってあるではないか。

梓の目の前には、ぬいぐるみにしか見えない小さなぶたがいるのだ。う、動いているから、動物、なんだよね……？　でも、でも……二足歩行《にそくほこう》ってどういうこと⁉

学生の頃、ネットで見た「イエティ」の後ろ姿を映した動画を思い出す。遠くから映しているので、見た目は小さく、今目の前にいるぶたと印象は変わらない。けど、あたしはすごく近くで見てる！　大きさはだいたいバレーボールくらい？

新種のUMAを見つけてしまったか⁉

ぶたは、梓には気づかぬましゃがみこみ、何やら枝や葉っぱに埋《う》もれた地面をゴソゴソ探っている。何してるの？

その時、ぶたが何かを持っているのに気づいた。小さなバケツだ。子供が砂遊びの時に使うようなもの。その中に、地面で拾ったものを入れている。どういうこと？　何か探しているらしい。

何を拾っているのかよく見ようと、ちょっと身を乗り出したら、爪先《つまさき》が地面の枝を折ってしまった。乾《かわ》いた音が響く。ぶたが、はっとこちらを向く。

よく考えると、ぶたがいることは全然不思議ではない。それが本物ならば、まだ。しかしそのぶたは、正面から見るとますますぬいぐるみだった。自立歩行しているぬいぐるみとなれば、これ以上の不思議はない。ただ、梓は今まで森の中で迷いに迷っていた。その間に、変なところに紛れ込んでいる可能性だってあるかもしれないじゃないか！

……いや、ない、と思う。梓は夢想《むそう》する趣味もないし、かなりのリアリストだと自覚している。そんな異世界《いせかい》舞台のラノベみたいな話があるわけないではないか。

しかし、目の前のぬいぐるみに自信が揺らぐ。

ぬいぐるみは立ち上がると、

「あ、こんにちは」

と言った。言いながら、お腹とか腕とか足をパタパタ叩く。ホコリが舞う。すごく普通の物言いと動きに、かえって梓はあっけに取られてしまった。

「サンサクですか？」

「えっ⁉」

謎の言語出たー！　と一瞬思ったが、

「お散歩ですか？」

ああ……「サンサク」は「散策」ね。

「いえ……違います」

「では、トレッキング？」

そんな格好でないのは見りゃわかるだろう、と思ったが、このぬいぐるみにはわからないことかもしれない、と思い直す。

「いえ、ちょっと……迷ってしまって」

「おお、それは大変ですね。どちらへ行かれるつもりだったんですか？」

突然気づいたけど、このぬいぐるみ、声がおじさんだった。中年のおじさん。どういうわけだか渋《しぶ》い声。声だけなら、普通に迷ったことを心配してくれている近所のおじさんである。ぬいぐるみじゃなければ。

「あのー、ル・ミステールってフレンチレストランに行こうと思ってたんですけど」

「えーっ、そうなんですかー⁉」

な、なんかすごく驚かれたんですけど……。黒ビーズにしか見えない目も見開かれたように思えたんですけど。

「ル・ミステールって、うちの店ですよ」

さらに何言ってるのかわからない……。うちの店って言ったって、フレンチレストランなんだよ。ぬいぐるみがレストランに勤《つと》めてるの？　何やってんの？　ギャルソン？　ギャルソンでいいんだよね？　ウェイターさんって。

それとも、店のマスコット？　ゆるキャラみたいな。それにしては小さいけど。いやっ、なんの店であっても、働いているってことはないだろう。だってぬいぐるみだもん。

「もしかして、ランチを目指していらしたんですか？」

こっちの驚きをわかっているのかいないのか、ぬいぐるみは普通に会話を続ける。

「ええ、まあ……」

図星《ずぼし》だが、それをこのぬいぐるみに言う必要あるのか、と思って、言葉を濁《にご》す。

「すみません、ランチは終わってしまったんです」

すると、ものすごく申し訳なさそうな声で言われた。いや、ぬいぐるみに謝《あやま》られてもね……。

でも、そうか……ランチ終わってしまったか。いったいなんのために来たのか、とちょっと情けなくなる。たまにあるのだ、こういうこと。方向音痴故《ゆえ》の失敗。地図はもう、紙もアプリもナビも信用しない。だからといって、自分の方向感覚はもっとあてにならない。この事態を解決するためには、どこでもドアでも手に入れるしかなさそうだが、そんなの不可能に決まっているではないかー！

「どのくらい迷ってらしたんですか？」

「わかりません……二時間以上……？」

ずっと歩き回っていた。体力だけはある。駅に着いたのがお昼ちょっと前くらいで、一時間くらいで着けば二時までのランチにあまり並ばず入れるかな、と思っていたのに。もっと早起きして、朝ごはんも食べずに出てくればよかったかなあ。けど、せっかくの休みだから、ちょっと寝坊もしたかったのだ。

こんなふうに行き当たりばったりはやめたい、とも思っているんだけど……。

少し悲しくなってきた。

「お電話くだされば……うちは、この山を上《のぼ》ってすぐなんですよ」

「でも、電話で説明してもらってもわからなかったと思いますよ」

「うーん、そうですね……。手が空いている者がいれば迎《むか》えに行けたんでしょうが、ランチタイムはかなり忙しいので……すみません」

「いえいえ」

だからぬいぐるみに謝られても。絶対にこのぬいぐるみ悪くないだろ？

「ランチはもう終わってしまいましたが、飲み物でもいかがですか？」

「えっ、お店でですか？」

「はい。せっかく来ていただいてこのままお帰りいただくのも忍びないので」

どうしよう。一応ル・ミステールの下見に来たんだし、このチャンスを逃したくはない。でも、なんだか図々《ずうずう》しくない？　ランチ営業も終わっているんだし、店員さんに悪いな……。

とその時、梓は気づいた。しゃべるぬいぐるみと自分が普通に会話していることに。

いや、そっちじゃない。あ、もちろんそれにも気づいたんだけど——もっと驚くべきことを発見してしまったのだ。

このぶたのぬいぐるみこそが、ル・ミステールの「謎」ではないのか、と。だって歩いてしゃべるんだよ！　これ以上の謎はないでしょう？

なるほど。これは確かに「謎」にふさわしい。よくバレなかったな。そういえば「泊まらないとわからない」みたいなことが書いてあったっけ。口止めされているのかも。それが売りであるのならば。

——って、何受け入れてんの⁉　簡単すぎない、あたし⁉　でも、それなら辻褄《つじつま》合うしな……。

辻褄ってなんだよ、ぬいぐるみが動いてしゃべることへの辻褄は⁉

……自分の中でツッコミ合戦が行われている。そうしている間にも、ぬいぐるみは躊躇なく上へと歩みを進めている。上に行くべきか下に行くべきかわからないからこそ、平坦《へいたん》な道を選んでぐるぐる回っていたのかも、と思い当たる。

仕方なくぬいぐるみについていく。しっぽが見えた。本物のぶたのしっぽって本当にくるんと丸まっているのだが、目の前のしっぽは先がぎゅっと結ばれていた。さすがぬいぐるみだ。

さっきのぞこうとしたバケツの中も見えた。葉っぱや花や実のついた枝が何本か入っていた。あ、もしかして山菜も？

もしかして、山の中でそういう山菜とかキノコとか、飾りつけの花なんかを探してくる役目をこのぬいぐるみは担《にな》っているのかもしれない。そういうのってすごくふさわしいように思えた。メルヘンチックというか、花の蜜《みつ》を集める小さな妖精《ようせい》みたいなイメージに近いというか――。

梓は首をぶるぶる振る。何を考えてるの？　自分はリアリストってさっき言ったばっかりなのに。そんなファンタジーみたいなこと、あるはずないじゃん！

とはいえ、目の前にいるぬいぐるみと会話なんてしちゃってるし――リアリストならば、これも受け入れるべきなの？　それとも否定すべきなの？

やっぱりここは迷いの森なのかな――ってそれだってファンタジーだし……。

まあ、多分これは夢なんだ。

結局そういう結論に達するしかないのだが、それをちょっと残念に思う自分自身に驚く。

「大丈夫ですか？　坂になってますから、足元お気をつけください」

それはさておき、とにかくこの状況はいつも反省ばかりの行き当たりばったりで対処するしかないらしい。

「大丈夫です」

はっきり言って、ぬいぐるみよりは安定感あると思う。まあ、転んだ時のダメージはぬいぐるみの方が軽いだろうけど。

「もうすぐです」

坂を上りきると、そこはもうレストランの庭だった。多分。そんなに広くはないが、芝生が鮮《あざ》やかで、テラスが見える。おお、ここが行列ができるというテラス席！　ウッドデッキだ。いぶしたようなダークブラウンの木が張られている。壁は白く、大きな窓が開け放たれている。テーブルと椅子《いす》も白とダークブラウン。華美な装飾はなく、とてもシンプルだった。建物の向こうには緑色の屋根が見えた。

「どうぞ座ってください。中でもテラスでも、どちらでもかまいませんよ」

「じゃあ、テラス席で」

誰もいないのだから、一番いい席に座りたい。

「ではこちらにどうぞ。海がよく見えますよ」

ぬいぐるみがすすめてくれた席は、山並みの間から海が見える最高の席だった。波がキラキラと光る。風もさわやかで、気温もちょうどいい。あー、こんな席でランチ食べられたらすてきだったろうなー。

「お飲み物は温かいものと冷たいもの、どちらになさいますか？」

「冷たいものを！」

思わず大声を出してしまう。水はとうに飲み干していたし、とにかくずっと歩いていたから暑かったのだ。

ぬいぐるみはちょっと考えた。

「冷たいミントティーとかいかがでしょう？」

「あー、おいしそうですね！」

熱くなった身体が爽快感《そうかいかん》のあるものを欲している。ビールを頼む勇気は当然ないので、炭酸系のものでもいいな、と思っていたが、アイスミントティーなんて——考えただけでも汗が引いていく。

「うちで育てている生のミントでおいれしますよ」

「わー、ありがとうございます!」

自家製のミントとは、ほんとイメージぴったりではないか。庭にハーブ畑を持つ妖精って感じ。

でもそういう役目ってことだと、あまり表には出ないのかもしれない。そうなると、サプライズにはちょっと弱いかも。困った。「謎」が何かがわかっても、それが目の前に出てこなければ、それは謎でもなんでもない。

泊まればわかるってことだから、もしかして部屋でお世話をしてくれるのかな……。

そういう系の妖精？

「あ、それから、ランチのメニューはもう終わってしまっているのですが、軽食でよろしければお出しできますよ。いかがでしょう？」

「えっ、そんな、いいんですか⁉」

「本当にちょっとしたものですけれど」

そう言ってぬいぐるみはお店に入っていった。

誰もいないテラス席と庭を見回し、ほーっとため息をつく。ここは裏？　なんだよね？　普通ここからは入らないいんじゃないかな？

なんとなくおばあちゃんちとかの縁側《えんがわ》から上がった、みたいな気分になる。玄関じゃないところから家に入ったりするのって、どうしてあんなにわくわくするのかな。

あー、なんだか落ち着く。眺めがいいからだろうか。それともそよ風のせい？　椅子の座り心地がいいからかな？　眠くなってしまうなー……。

「おまちどおさまでした」

振り向くと、無人のワゴンがカチャカチャとこちらに向かって来ていた。

いや、おそらくぬいぐるみが押しているのだろう。小さめなワゴンとはいえ、あの大きさでは隠れてしまう。

「ちょっと失礼しますね。普段給仕《きゅうじ》はあまりしないものですから」

なるほど。やはりお客さんの前には出ないってこと？

ぬいぐるみは椅子の座席へ上がって、ワゴンに載っているグラスを取ろうとしていた。

「あ、あたし取ります」

緑色の葉っぱが入った涼しげなグラスが二つ。

「そんな、お客さまにそんなことを――」

あわてるぬいぐるみをよそに、梓はグラスを並べる。

「お客さんじゃないですよ～、もうランチ終わってるって言ったじゃないですか～」

下の段に入っていた皿を取ると、そこにはおいしそうなバゲットサンドがあった。

「それは生ハムとクリームチーズとアスパラガスのカスクートです。簡単なものですけど、よろしければどうぞ」

皿には、さっき摘《つ》んできたとおぼしき花が飾られていた。それだけなのに、なんだかおしゃれだ。そして、けっこうボリューミー。バゲットには具材がたっぷりはさまっていた。アスパラ、太い。

「え、ほんとにいいんですか？」

「もちろん。まかないですんで。わたしもいただきます」

二人で向かい合って食べることになる。食べる……食べる⁉　ぬいぐるみなのに？　どうやって食べるのか見たかったけど、ぬいぐるみは梓が食べるまで待つみたいな雰囲気だったから、仕方なく先に食べ始める。いや、実はすぐに食べたかったんだけどね。とりあえずは飲み物だ。喉が渇《かわ》いてしょうがなかったから。たっぷりのミントティーが入ったグラスを取って、ストローで一気に吸い上げる。

ああ——なんてさわやかなんだろう。生ミントの香りが冷たさと爽快感を何倍にもしてくれる。汗が引いていくのがわかる。そしてもちろん、食欲も湧《わ》いてくる。さっそくカスクートを頬張る。

バゲットは思いの外軽くサクッとしていた。皮がパリッとしているのももちろんおいしいが、サンドイッチだったらこういう方が食べやすい。バインミーが好きなのだけれど、それに似ている。

生ハムはたっぷり、チーズはとてもクリーミーで、塩気の強い生ハムとアスパラの甘みがよく合う。もしかしてこのアスパラ、生かな。それくらい新鮮だ。

はさんであるのはそれだけなのに、食べていてとても幸せな気分になる。テラスの雰囲気もあるのかも。ピクニックとかで食べたら最高だろうなー。

おいしくて忘我《ぼうが》な境地になっていたら、ぬいぐるみがカスクートを取り上げていた。両手で持ってる。なんて似合う。そして、ちょっと鼻先を上げたかと思うと、ぎゅっとバゲットを鼻の下に押しつけた。むぎゅむぎゅと頭が動いたかと思うと、少しかじったように形の欠《か》けたバゲットが鼻の下から出てきた。

なんだそれ、かわいい！

かわいいけど、どうやってそこ欠けたの⁉　いや、食べたんだろうけど、食べるって……どこに入るの？

もぐもぐほっぺたが動いたと思ったら、ごくんと飲み込んだらしい。そのあと、ストローをやはり鼻の下に突っ込んで、アイスミントティーをちゅーっとすすった。ああ、水滴《すいてき》が手に染《し》みていく……。

「どうしました？」

ぬいぐるみがこっちをじっと見つめていた。いや、普通見るだろう？　何度もこういうことあったんじゃないの？　なんで見てるかなんて、わかってるんじゃないかなあ。

「お口に合いませんでしたか？」

あ、気にしたのはそっちの方？

「いやっ、おいしいです、すごく！　こんなにシンプルなのに！」

「生ハムがおいしいからですよ。いつもはハムとチーズだけだったりするんですけど、今日は朝取りのアスパラがあったので、はさんでみました。野菜もチーズもその時々で変わるんですけどね」

野菜が多い時は塩気の強いチーズもいいかも。バゲットの味もよくわかる。

口いっぱいに頬張って飲み込んだら、喉に詰まりそうになった。ミントティーをあわてて飲む。ああー――おいしい。暑い日にもぴったりなんじゃないか、このメニュー。

ぬいぐるみはまたカスクートをかじった。食べるというより、「消える」みたいな感じだな。

「どちらからいらしたんですか？」

ぬいぐるみが言う。普通のことを訊かれて、ちょっとびっくりする。

「あ、東京です」

「え、東京から！　このあとご観光の予定ですか？」

「いえ、特には決めてなくて、ランチ食べたら、駅前の商店街見て帰ろうかな、と思ってたんです」

「じゃあ、目的はここのランチだったんですか？」

「というか、お店の雰囲気を見ようと思ってて――近いうちに泊まりたいと思ってたんです。それの下見に」

と言ってから、普通はそこまでしないよなあ、と思った。変な言い訳をしているみたい。本当のことなのに。

「そうなんですか。わざわざありがとうございます」

お礼まで言われてしまう。なんとなく居心地が悪くて、

「いやあ、友だちにサプライズしたくての下見なんですー」

と言った。

「サプライズがお好きなんですね」

「好きというか、誕生日に何をもらいたいか訊かずに贈るってだけなんですけど」

「お友だちとは長いおつきあいなんですか？」

「幼なじみです。だからなのか、今まではずしたりはずされたことがなくて」

「それで今回はここへの宿泊が贈りものというわけですか。選んでいただけて光栄です」

いや、それも……ちょっと違う。こんなに目（ビーズだけど）をキラキラさせて喜んでもらうと、自分の適当な動機が申し訳ない。

「すみません、本当のところを言うと、ここがすてきなことは来てみてわかったんですけど、選ぼうと思った理由は別でして……」

おそらく木の実とか集める係の妖精さんみたいなものだろうから（あとは庭も管理してそう）、ぶっちゃけてしまうことにした。

「そうなんですか？」

耳がピクンとしたように見えた。かわいいなー。

「ここ、『謎』とか『幻』のオーベルジュって言われてますよね？」

「ああ、そういう噂があるのは存じてます。実際は予約が取りにくいだけって言われていることも。あと名前が何しろ『謎』ですからね」

それも例のグルメブログに書いてあった。フランス語の『謎』を意味する「ル・ミステール」が発端《ほったん》だとすれば、それはちょっと安易《あんい》じゃない？　と思ったが。

「『泊まらないとその謎はわからない』って言われていたんで、それが一番のサプライズになると思ったんです」

「はあ〜、それは確かにそうかもですね。わたしはランチには出ないので」

あら。自覚してるんだ。じゃあお部屋係とかもしているのかな？

「お友だちのお誕生日はいつですか？」

「八月二十四日です。金曜日なので——」

「まだ大丈夫ですよ。金土は早々に埋まってしまうんですが、その日は今あいてます」

ええっ、このぬいぐるみ、予約状況も認識してるの!?　いったい何者？

でも、あいてるって——ど、どうしようかな。

「え、じゃあ、か、仮押《かりお》さえとかできますか？」

即決してもいいのだが、いきなりなので——少し考えたい。

「できますよ。フロントの方で手続きしましょうか？　もうそろそろ三時ですので、早いお客さまだとチェックインなさるんですよね。今日の方は夕方に来るとおっしゃってましたけれど」

空《から》のお皿を持って、ぬいぐるみは椅子からポンと飛び降りた。そういえば、この椅子——普通にぬいぐるみが座ったら、絶対に顔は見えないと思うのだが……立って食べていたのかな？　別に無理に一緒に食べなくてもよかったのに。

と思って立ち上がったら、ぬいぐるみがワゴンの一番下にぎゅうぎゅうクッションを詰め込んでいるのが見えた。それを台にしていたのか。用意周到だな。

梓も食器を片づけて、ワゴンに載せた。

「あっ、ありがとうございます」

「いえいえ」

こんなの人間なら大したことない。ぬいぐるみにはさぞ大変だろう。

「ワゴン押しますけど」

「いえ、大丈夫ですよ」

実際に軽い力で動くものらしく、ぬいぐるみがちょっと押しただけでワゴンは動いた。

「厨房に預けてきますので、ここでお待ちください」

ぬいぐるみが行ってしまうと、また梓は一人になった。お腹はいっぱいになっていた。カスクートもミントティーもおいしかった。あんなに生ハムとチーズを食べたらもたれそうなのに、胃はさっぱりすっきりしている。生ミント、すごい。

待っている間に、なぜか寂しさを感じた。日が少し落ちて、景色が変わったせいかもしれない。それとも、かわいいぬいぐるみがいなくなって、楽しくおしゃべりできないことが単純に寂しいだけなのかも。妖精みたいなものだから、一度姿を消すともう二度と会えないかもしれない、なんてリアリストにあるまじきことを考えているからかも——。

「おまたせしました」

しかしぬいぐるみは特にいなくなることもなく、迎えに来てくれた。

「フロントへどうぞ」

先に立って案内してくれる。明るいガラス張りの廊下を抜けると、レストランとは雰囲気が変わる。ヴィクトリアンスタイルとここのサイトにも書いてあったが、つまり『赤毛のアン』のグリーンゲイブルズみたいな建物らしい。まだ表側の外観を見ていないことに気づく。

ぬいぐるみはフロントに入り込み、一人前に向かい合う。ふふっと笑いそうになるが、我慢する。えっでも、ぬいぐるみが受付をするの？　大丈夫？

「では、八月二十四日に宿泊の仮押さえということでよろしいですか？」

タブレットを取り出し、そんなことを言う。使えるんだ……。

「はい」

ちょっと思い切ってしまったが、まだ仮押さえ、と言い聞かせる。だって……最後かもしれないし。

「お名前は？」

「早藤梓です」

「早藤梓さま――」

そう言いながら、タブレットに入力している。手でパタパタ叩いているようにしか見えないけど。

「ご住所はどちらでしょう？」

梓が言うと、これまた素早く入力していく。なんだろうか、このぬいぐるみは。なんでもできるな。

「お二人さまですか？」

「そうです」

「わかりました。くわしいご要望は本予約のあとにしますか？」

「えーと……」

本当だったらあとでがいいのだろうが、せっかく直接話しているのだから今がいいのではないか。仮とか言いながら、本心では決めているんだから。

「あの、実は一緒に来ようと思っている友だちは、今度結婚するんです」

「それはおめでとうございます！」

「それで、もしかしたら二人でお祝いするのは、これが最後かもしれないので……そういう――」

記念？　いや、最後なのに「記念」っておかしくない？　ではなんと言ったらいいの？

「――彼女へのお祝いディナーを贈りたいと思って」

少し考えて、そう言った。

「それはすてきなサプライズですね」

ぬいぐるみは本当に感心しているように言った。しかしそう言われると、なぜか梓の気分は沈んだ。

「どうなさいました？　お疲れですか？」

あら、暗い顔をしていたのがバレた？

「いえ、大丈夫です」

「そちらにお座りになりますか？」

座り心地のよさそうなソファーをすすめられたので、ありがたく座る。もう疲れは取れているとは思うのだが、なんだか気が抜けたというか……妙な気持ちを抱く。仮押さえをしてしまって、後悔しているような。今すぐ撤回したいような。

ぬいぐるみの点目を見ていると、さっきみたいに全部言ってしまいたい気分になる。そういう告白をさせる力でもあるのだろうか。やはり人間じゃないから？　それがここの一番の謎ってこと？

「お祝いっていうか……仲直りというか……よくわかんないんですよね」

「仲直り？」

そうだよね、どっちだかわからないよね。

「最近、実は友だちとぎくしゃくしてたんですけど、それはあたしが避けてたからで……」

なんでこんな話を、全然知らない人にしているんだろう、あたし。人じゃないけど。

「理由は何かあるんですか？」

そう問われて、よく考えてみる。考えるのを避けていたところもある。理由なんて特にないからだ。

結婚すると教えてもらった時、もう今までのような誕生日のサプライズはできないな、と思った。でも、今まで必ず誕生日を二人で過ごしてきたわけじゃない。会わないでプレゼントで驚かせてみたり、数日前後させたサプライズにしてみたりといろいろだった。

おそらくその時、梓が考えたのは、小さい頃から変わらずやってきた誕生日のサプライズは、これで終わり——そういうことだったんだろう。

けれど、家に帰ってから梓はそのことを思い返し、悲しくなった。彼氏とも別れ、一人で仕事ばかりしている自分が少しみじめに感じられた。

そんなこと考えちゃいけない、とわかってる。別にそんなこと悲しがる必要もない。だが、幸せそうなみづきと会ったり話したりすると、その気持ちを思い出してしまう。だから、避けてしまったのだ。

自分を置き去りにして、みづきは違うステージに上がってしまったようにも思えた。

そんなようなことを、梓はぬいぐるみに話していた。ぬいぐるみは何も言わずに聞いてくれる。家で話しているみたいだった。梓のマンションには、ぬいぐるみはないんだけれど。でも、いたらこんなふうに話しただろうか？

いや、それはないな。ぬいぐるみは口をはさみこそしなかったが、時折うなずいてくれたり、「はー」とか「ほー」と相槌《あいづち》を打ってくれた。それがあったから、話してしまったようなものだ。すごく聞き上手だった。

これはやはり、ぬいぐるみだからだろうか。いや、「人間ではないから」と言った方がいいか。そういう存在であったら、きっと人間みたいに嫉妬《しっと》や羨望《せんぼう》を抱くこともないに違いない。

「他人をうらやましいと思ったことはありますか？」

つい、そんなことを訊きたくなった。というより、勝手に言葉が漏《も》れてしまった。

「もちろん、ありますよー」

だから、ぬいぐるみの返事には心底驚く。

「うらやましいというのは、健全な気持ちだと思いますよ。だって無理じゃないですか、そういう思いを抱かないようにするのって。それを抑えつける方が不健全だと思いますね」

ぬいぐるみは点目の間にシワを寄せてそう答えた。

「そういう気持ちはみにくいな、と自分で思ったんですけど……」

自分を哀《あわ》れんだり、みじめに感じたりするばかりなので。

「みにくいというか、つらいですよね。そういう気持ちを持っている間は。でも、少し時間がたつと、たいてい気持ちは薄れるものです」

「薄れなかったらどうするんですか？」

簡単に言わないでほしい。人間じゃないから、そんなこと言えるんじゃないの？

「それは多分、薄れないんじゃなくて、変化してるんです。自分だけで『うらやましい』と思うだけでなく、相手を『ずるい』と思ってしまうとかね」

梓ははっとする。そこまでは思っていない。……はず。わからない。

「もちろん、よい方向に変化することだってありますよ」

これはフォローのつもりなんだろうか。それとも天然？　ぬいぐるみの点目はにこにこしているようにしか見えないが。

「みにくいと言われるような感情を持っている人が、お友だちのためにこんなことしようとは普通思わないんじゃないでしょうかね」

「それは……サプライズだから……」

自分が勝手にモヤモヤしていることを勝手に吐き出した梓にとって、このサプライズも自己満足なのかも、と感じてしまった。もしかしたら、みづきは前からサプライズがめんどくさかったのかもしれないし。

そのモヤモヤが邪魔しているのか、ぬいぐるみの言葉をどう解釈したらいいのかもわからなかった。

「そういうことならば、腕によりをかけてお料理を作らせていただきます」

「え？」

なぜこのぬいぐるみがそんなこと言うの？

「おまかせコースと、いくつかのメニューをセレクトするコースがありますけれども、どちらになさいます？」

予約時期の食材はこれで〜、とか、嫌《きら》いなものやアレルギーがあったら〜、とかいろいろ言ってくる。

それに答えていくうちに、梓は重大なことに気づいた。

まさかこのぬいぐるみ——シェフではあるまいか。まじまじと見つめてしまう。もしかして、さっきのカスクートもミントティーも、このぬいぐるみが作ったのか？

そんな梓の気持ちがわかったのか、ぬいぐるみは突然あわて出した。

「あっ、申し訳ありません。わたし、名乗っておりませんでしたね？　山崎ぶたぶたと申します」

そっちか……。

でも、すごい。そのままの名前。これで本当にシェフだったらどうしよう……。訊いてみるべきか。いやしかし、まだ木の実係という可能性も捨てられない。

「サプライズで何かご相談があるようでしたら、おっしゃってくださいね」

い。

「いえ……山崎さんがいらっしゃれば、充分だと思うので……」

割と失礼なこといろいろ言ったな、と汗が噴《ふ》き出るが、言ってしまったものは仕方ない。

「ディナーの席にいていただくってことは――」

シェフならずっといるなんて無理だよね？

「あ、大丈夫ですよ」

「えっ⁉」

「レストランでなら、オープンキッチンがございますので」

え、マジでシェフなの？　それとも補佐とか……。補佐でも料理しているところなんて想像できないけど。

それを言うなら、山の中を自分で歩いて枝や花を拾ったり、ワゴン押して歩いたりすること自体、普通ならなんにもできないことだよね⁉

結局、何も訊かずに梓は帰ってきてしまった。

「謎のオーベルジュ」が他にあったとしても、これでもう充分というか、これ以上あったらおかしいだろってレベルだった。

　これであのぬいぐるみがシェフであったとしたら――もう何もいらない。今までで一番のサプライズになる。

　そういえば、サプライズはみづきにしかやらなかったな、と思い返す。他の人のことはわからない。サプライズってリスクありすぎって思っちゃうのだ。でも、みづきなら大丈夫、と安心していたところがある。

　そういうのがなくなるのも、悲しいんだろうか。

　梓には、いまだにぬいぐるみに言われたことが理解しきれていなかった。というより、自分の気持ち自体が、よくわかっていなかった。

　これが最後のサプライズになるのかな、と思いながら、二ヶ月後のみづきの誕生日、二人は会社帰りに待ち合わせして、電車に揺られていた。

　予約をしてすぐみづきには連絡してある。もちろん、誕生日には二人で過ごすとあらかじめ決めていた。

　みづきの婚約者は一週間前から海外へ出張に行っていた。梓の誕生日の時はどうなるのかな。結婚式前ではあるが、みづきは今よりさらに忙しくなるんだろうな——。

「ねえ、梓」

眠っているのかと思ったみづきが、突然話しかけてくる。

「何？」

みづきは、何か訊きたそうにしていたが、

「ううん、いい」

と言った。

「なんでも訊いてよ」

「……高かったよね、オーベルジュなんて」

まあ、それなりに。でも、都内のよいホテルだとこれより高いのではないかな。食事がついているのだから、お得といえるのでは。

「誕生日だけじゃなくて、お祝いなんだから、特別だよ」

「こんなサプライズされたら、次どうしたらいいのかわかんないよ……」

みづきがぼやくように言った。

「次……？」

「次の梓の誕生日だよ」

そう言ってにっこり笑う。

「もしかしたら、もう終わりかなって思ってたんだ。サプライズは」

みづきはため息をつく。

「なんでそんなこと思ったの？」

「忙しくて、あまり連絡できなかったじゃない？　今までみたいに誘ってくれないのかと思ったの。梓はあたしが忙しいと気をつかって連絡も遠慮してくれる。でも今度は、もしかしてずっとそうなんじゃないかって思ったの」

みづきも同じように感じていたのだろうか。幸せだから、そんなこと考えるヒマなんてないと思っていた。

「そんなことないよ。ちょっと……うらやましいなって思ってただけ」

大きな変化の真っ只中《まっただなか》にいるみづきがうらやましかった。ただそれだけだ。

ル・ミステールへ行って二ヶ月たったら、少しずつわかってきたのだ。あの時言われた言葉の意味を。特に「少し時間がたつと、たいていの気持ちは薄れるもの」というのが。

薄れるというか、あの時自分で「みにくい」と言っていた気持ちが浮かぶと、あのぬいぐるみの点目が浮かぶようになった。素晴らしい眺めのテラスや、冷たいミントティー、おいしいカスクートが浮かぶ。

それは、梓にとってとても楽しい思い出だった。そして、仕事はやっぱり忙しい。でも、自分は仕事が好きだった。二ヶ月の間、やはり変化はないけれど、みづきのことを「ずるい」だなんて感じるヒマはなかった。

いや、変化はあった。幼なじみで親友の幸せを素直に祈《いの》れない自分では、きっと同じような幸せは訪れないだろうと思えるようになったことだ。これは「よい方向に変化」ととってもいいんだろうか。

梓の心境に変化を与えてくれたル・ミステールは、みづきにどんなサプライズを与えてくれるだろう？

どうも最後のサプライズにはならないようだけど。

だって、別にこれってサプライズじゃない。ただ相手のことを考えて、一番喜ぶものを用意するってだけ。

山崎ぶたぶたに会って、みづきはどんな顔をするだろう。きっと喜んでくれるはず。

「明日の朝は、テラスで朝食をとれるよ」

今日も明日も暑いけれど天気がいい。そういう毎日であれば、何も変わらなくたっていいじゃない、と梓は思うのだ。

二人でディナーを〈秋〉

「ぎゃあああーっ!!」

静かな空間に、ものすごい叫び声が響いた。

「いやああーっ、なんなのこれぇー!?」

叫んだ須美代《すみよ》は、自分の足元にあったぬいぐるみをつかんで、店の奥に放り投げた。

「こんなの詐欺《さぎ》よーっ！」

彰文《あきふみ》は、彼女が何を言っているのかわからなかった。

「イケメンのシェフって聞いたのにーっ！　なんなのいったい!?」

そう言うなり、キッと顔がこっちに向いた。鬼のような顔だった。怖いとしか思えない顔——まさに豹変《ひょうへん》していた。

怯《おび》えていると、彼女はさっと彰文に近寄り、いきなりスーツのポケットに手を突っ込んだ。

「えっ!?」

握りしめた手を引き上げると、彼女は一目散に出口へ走っていく。えっ、何が起こった?

我に返り、追いかけて外に出ると、彼女は彰文の車に乗り込んでエンジンをかけていた。

「ちょっと!」

ドアは開かない。窓を叩くが、彼女はこっちには目もくれず、車で走り去ってしまった。

え、俺の車が……。彰文は呆然と見送るしかない。

「車はあの女性のものですか?」

後ろから声がかかる。振り向くと、ぬいぐるみが立っていた。出迎えてくれたピンク色のぶたのぬいぐるみが。

彰文は何を言われているのか一瞬わからなかった。ぬいぐるみが車のことなんて、どうして気にするんだろう。

「いえ、わたしのですが……」

機械的に答える。

「そうですか。どうなさいます？」

「え？」

どうなさいます、と言われても……。彰文は黒ビーズの点目に見つめられて、戸惑《とまど》う。大きさがバレーボールくらいなので、視線をすごく下にしなくてはならない。

「あっ」

そういえばこのぬいぐるみ、彼女に投げられたのだ。

「あの……さっき投げられてましたけど……」

床にぽすっと落ちていた。

「あの……大丈夫、ですか？」

「大丈夫です。ぬいぐるみですので」

その答えの衝撃。現れたとたんにショックを受けて、それ以上のものはないと思ったのに。

「お連れさまにご連絡などしなくても大丈夫ですか？」

「あー……」

そうだよな。まずはそれだろう。まったく思いつかなかった。気が動転しているらしい。

電話をしてみるが、つながらない。電源が切られているようだ。

「……どうしよう」

また思考が止まってしまう。

「ええと……どうしたらいいですかね？」

とぬいぐるみにたずねる。なんなの、この状況。

「お連れさまは驚かれてしまったのでしょうか？」

ぬいぐるみが言う。そりゃそうだ。自分だって驚いている。けど、あんなふうにはなっていない。

「多分……」

「申し訳ありません……」

ぬいぐるみが二つ折りになる。お辞儀？　お辞儀だよね、これ⁉　ぱったり折れるものだな、と思う。

でも……驚いたからっていきなり投げるなんて。何もしてないよ。奥から出てきて、ちょっと話しただけじゃん。

「乗ってった人は電話に出ないみたいです」

「運転には慣れている方なのですか？」

「いや、それは……わからないです」

知り合って半年ほどたっているが、運転できることも知らなかった——え、免許《めんきょ》は持ってるの？

「免許持ちなのかもわからないですけど、慣れた感じでしたから、きっと持ってるんでしょう」

急発進《きゅうはっしん》でもちゃんとコントロールできてた。——すごいスピードだったけど。

「お連れさまのご家族やご友人など、連絡できる方はいらっしゃいますか？」

「いや、それもわからないです」

何回会ったっけな——月に一、二回くらい？　こっちの仕事もあるし、彼女も忙しいと言ったから、十回くらいしか会っていないかなあ。

でも今日は一応、泊まりを想定していたんだよなあ……。

「どうしよう、事故に遭《あ》ったりしたら……」

ぬいぐるみは狼狽《ろうばい》しているような声だった。心なしか顔色が青くなったように思える。

よく見ると、全然変わってはいない。

けどそうか。そうだよな。彼女は確かに動揺はしていた。事故があったとしたら、おそらく車からすぐにこっちの連絡先はわかるだろうけど、他の連絡先がわからないんだから、どういう状況で彼女が運転していたか、というのは言っておくべきかも。

でも、誰に？　というか、どこに？

「どこにも連絡できないけど、一応どこかに言っておきたい、という場合、どこだと思います？」

彰文の丸投げな質問に、ぬいぐるみはいつの間にかやってきていたフロントの人と顔を見合わせ、やがて言った。

「この場合、警察ではないかと」

「警察？」

そこまで大げさにはしたくない、と一瞬思ったが、その時浮かんだのは鍵を取る寸前に見せた彼女の顔だった。怖かった。あんな顔をした人は見たことがなかった。ああいう人だったんだ、という決めつけはよくないと思うけれど、印象が強すぎる。

あの顔でぬいぐるみを投げていたのだし。怪我《けが》はないようだが、いきなり投げるってどうなの？　それだけ驚いたってことなのかもしれないけど。

でも相手が人間だったら、あれは突き飛ばしたということになるんじゃないか。そう考えると――。

それでも事故に遭うのは心配だ。

「では、警察に連絡しますね」

スマホを手に取り、はっと気づく。

「何か不都合はありますか？」

この店からそういう連絡をされると困るとか。

「いえ、不都合はありませんよ」

ぬいぐるみが即座に否定したので、警察へ電話する。事情を説明すると、

「車の窃盗ということですね？」

係官に言われて、ああ、なるほど、と思う。そう言われてみれば、そういうことだな。車の鍵を奪われたのだし。

そうだったんだ……と彰文は、がっかりしてしまう。彼女というより、自分に。

ほどなく、二人の警官がやってくる。

「こんにちは、ぶたぶたさん」

二人ともにこやかにぬいぐるみに挨拶をする。顔見知り!? ぬいぐるみなのに!?

いや、普通の人だとすれば、警官と知り合いであってもまったくおかしくはない……。

「何があったんですか?」

「何があったというより、ここに入ったら突然わたしの連れが叫び出しまして——」


ここに来るまでは、ただの楽しいデートだった。

百生《ももせ》彰文は、三年前から結婚相談所へ入って婚活《こんかつ》に励んでいる。四十五になって突然、結婚せずに人生を終えるかもしれない、と気づいたのだ。それまでまったく気にしていなかったのに、両親の衰《おとろ》えが具体的に見えてきて、ようやく実感が湧いた。

当初は一年婚活すれば結婚できて、五十歳になる前には子供を——と目論《もくろ》んでいたけれど、そううまくはいかない。紹介された人を気に入っても相手に断られたり、その反対もある。それが続いてばかり、というのが本当のところだ。自分の理想と現実のギャップは、相手にとってもそうだ、ということを思い知らされた。

条件自体はいい。大手企業の要職《ようしょく》に就き、収入も同世代より多い。自宅を数年前に都内に建てた。親は田舎《いなか》の住み慣れたところにいるし、妹夫婦も近くに住んでいるが、将来世話になる施設ももう決めているから、同居はない。

容姿はまあ普通だが、身長は高いし、ジムにも通って健康面に気をつかっている。たばこも会社が全面禁煙になったのを機にやめた。服装も小奇麗《こぎれい》にしているつもりだ。

とはいえ、今時は大企業に勤めていることは将来の保証にはならないし、年金もあてにならない。貯金はあるけれど、病気になったらどうなる？　同窓会に行くと、クラスメートや同学年の者が亡くなったという話もちらほら出る。離婚や子供の問題、親の介《かい》護《ご》など、思いどおりにいかないことが多いと愚痴を聞くこともある。

だから、今現在の条件だけに頼っているからうまくいかないのではないか——とも考え始めていた。条件が揃ってさえいればと単純に思ってしまう性格が問題なのか、というのに気づくのが遅かったかもしれない。

しかし、そんな自分でも、初めて気の合う人と出会うことができた、と最近は喜んでいたのだ。彼女の名前は、市川《いちかわ》須美代。四十歳で、実家の会社を手伝っている。

歳も割と近いからか、話がズレることもない。金銭感覚などの価値観も似ているし、物腰《ものごし》も柔らかで優しげだ。

この人とだったら結婚してもうまくやっていけるのではないか、と思っていた。

いろいろなところへデートに行った。高級イタリアンや庶民的《しょみんてき》な居酒屋、水族館、美術館、ボルダリング、軽いトレッキングなど。どれも好評で、楽しそうにしていた。映画も静かな文芸ドラマとアクションものを見に行ったが、どちらも「面白い」と言っていたし。

趣味も合うし、いつもニコニコしているので、今日こそプロポーズをしようと決心していたのだ。

すてきなフレンチレストランでのロマンチックなプロポーズを夢見ている、と聞いていたし、温泉旅行にも行きたいと言われたから、このオーベルジュは最適だと感じたのだ。ちゃんと自力で探した。ネットって便利だな、と改めて思った。

誘った時も、泊まりであることはちゃんと言ったし、それでも喜んでくれた。プロポーズをすることは黙っていたが、きっと察していただろう。彰文は指輪を用意して、道中ドキドキしながら車を運転してきた。

「わー、すごいすてきー！」

到着して外観を見た時の反応は上々《じょうじょう》で、計画はほぼ成功した、と思っていた。ところが、オーベルジュのドアをくぐり、フロントで名前を告げていると、奥から出てきたのが——さっき投げられたぬいぐるみだった。

「いらっしゃいませ。ル・ミステールへようこそ。わたしがオーナーシェフの山崎ぶたぶたです」

突き出た鼻がもくもくっと動いて、中年男性の声が聞こえた。どこかからアナウンスがかかったのか、とも思ったが、どう見てもそのぬいぐるみから声が出たとしか思えなかった。

彰文は、一瞬にして世界が変わった、と感じた。子供の頃に想像した夢の中にいつの間にか入ってしまったようで——。

しかし、須美代はそうではなかったらしい。ぶたぶたがとことことこちらに向かって歩き出した時、突然恐怖にかられたような叫び声をあげ、彰文の車の鍵を奪って逃げてしまった。

そう、逃げてしまったのだ。

いきなり豹変した彼女と、ぬいぐるみが現れたショックが重なり、彰文も冷静に判断できていなかったようだ。

「ぶたぶたさんも投げられたんですか?」

「僕はこういうなりなんで、特になんともありませんけど」

そうは言っても、着ていたコックコートは汚れ、コック帽も脱げてしまった。大きな耳の右側がそっくり返っているのに、今気づく。

「まあ、でも一応くわしい状況は訊かないとね」

警官とぬいぐるみの会話が聞こえる。あれ、もしかしたら——たとえば車で逃げただけだったら、とっさに追いかけたかもしれない。タクシーを呼んでもらったり、あるいはここの車を借りることだってできたかも。知人は知らなくても、結婚相談所に——あっ、そうだ、そこに連絡してみるということもできただろう。

警察に言ったのは間違いだっただろうか。そんなことをした男とは、結婚できないと思われる?

「それで、あなたのスーツのポケットから車の鍵を持っていってしまったんですね?」

警官が彰文に訊く。

「そうです」

今更《いまさら》否定してもしょうがないからそう答える。フロントの人も見ていたし。うーん……車の鍵を盗《と》るなんて、けっこう冷静ではないか？　それともやはりパニックのせい？

ああー、なんだかわからなくなってきた。とにかく、俺の結婚はもう無理かも。今ここに彼女が戻ってきたとしても、許せるだろうか。

そう思っても頭に浮かぶのは、優しい彼女の笑顔ではなく、さっきの怖い顔だった。いくら忘れようとしても消えない。同時にまた、自分へのがっかりな気持ちもよみがえる。

ここに来るまでの高揚感は霧消《むしょう》してしまった。彼女に対して残念という気持ちもない。何かあった時に、ああいうふうに自分だけで逃げる人なんだな、という認識が残っただけだ。

いい人だと思っていたのに——自分の女性を見る目は曇《くも》りまくっているのだろうか。今も昔も。

でも、警察はやりすぎだったかな、とちょっと落ち込む。

「帰ってくる可能性もあると思いますよ」

様子に気づいたのか、警官が言ってくれる。

まあ、確かに。ここに戻るなり、彰文に連絡するなり、パニックが冷めればそうするかもしれない。乗り捨てて自宅に帰ったら、それはそれで悪質だから、このまま警察におまかせ、ということになるだろう。

「該当の車はパトロールの際に注意して見ておきますが、帰ってきたら連絡くださいね」

そう言って、警察は帰っていった。大事にしないように気をつかってくれたのだろうか。

さて、これからどうしよう。車もないし。帰ろうと思えば帰れるだろうけれど、なんだか疲れた。泊まれるのがありがたい。それだけはとてもよかった。

「食事をして、明日帰ります」

「そうですか。では、お部屋にご案内しますね。お食事は予定どおりになさいますか？」

ぶたぶたが言う。このぬいぐるみはここのオーナーシェフ。信じられないけど、そうなのだ。

フロントの男性が二階に案内してくれる。なんとも落ち着く部屋だった。すごくきれいで外観のようにかわいらしいのだが、色使いは落ち着いているし、何より素朴《そぼく》な感じがする。洋風なのに、なぜか田舎の祖父母の家に来たようにも思えた。

「では、お食事の時間になりましたらご案内いたします。それまで、どうぞごゆっくり」

部屋には小さな露天風呂までついていた。須美代と一緒だったら、どんな夜を過ごしただろう。ほんの数時間前の浮《うわ》ついた気持ちが消えてしまった今、想像すらできない。というか、したくなかった。

はー、せっかく指輪も用意したのに……。でも今は、考えないでおこう。

疲れたので、風呂を浴びてからレストランに降りよう。食事が終わってデザートの時にプロポーズをしようと思っていたから、きちんと夕食用の服も持ってきている。

露天風呂はすごく気持ちよかった。自分しかここにはいないのではないか、と思えるくらい静かだ。

食事はすると言ったけれど、当初の予定どおりならレストランで、ということになる。ここのディナーは一日に一組だけだから、他に邪魔する者はいない。そういうロマンチックなディナーを、須美代は望んでいたはずだ。

でも一人でぽつんと食べるのもなあ。

そう考えると、食欲が失《う》せた。このまま食べずに寝てしまえば、明日の朝には少し落ち着くだろう。そしたら、帰ればいい。

そうしようかな……。もう食事は用意してしまっているだろうか。

風呂から上がって、彰文はフロントに電話した。

「あの……食事はキャンセルできますか？　どうも食欲が湧かなくて……」

言い訳をしてもしょうがないので、正直に言う。

「体調はいかがですか？　お医者さまに診《み》ていただきますか？」

さっき案内してくれたフロントの男性の声は心配そうだった。

「いや、そういうわけじゃないんです。本当に申し訳ないんですけど……」

来たのはこっちの方なのに、騒ぎを起こして、勝手に食事をキャンセルして……さっきまでは食べないともったいないし悪い、と思っていたのだが、どうにも気力が湧かない、というのが本当のところだった。

「お部屋にお運びすることもできますけれども」

まあ、それでも状況は変わらないよなあ。

「一人で食べるのがね……」

特に今夜は。いつも一人なんだけれども、今日は違うと思っていたから。

誰かと一緒にいたいのか、誰にもいてもらいたくないのか、わからなくなっている。

そこで浮かんできたのが、ぬいぐるみの顔だ。あの点目。誰かとは一緒にいたくないけれど、ぬいぐるみは人ではない。

「あの……ご面倒をかけて、さらにお願いをするのは心苦しいんですが……」

「なんでもおっしゃってください」

どう言えばいいのか、としばらく悩んだが、うまく言うすべは見つからなかったので、そのまま言うしかない。

「すみません、できれば、あの、山崎シェフと一緒に食べたいんですが」

一瞬、沈黙があった。まずいことを頼んでしまっただろうか。

「――訊いてまいりますね。折り返しお電話いたしますが、よろしいですか？」

「あ、はい」

電話を切ってから、やっぱり撤回すればよかったかな、と後悔したが、一度口に出したことは戻らない。

悶々《もんもん》としていると電話がかかってくる。なんとぶたぶた本人からだった。声だけだと、本当に普通のおじさんにしか聞こえない。自分と同世代くらいの。

「一緒にお食事することはかまわないのですが、料理が作り終わらないとお部屋にはうかがえないんです。それはかまわないですか？」

「もちろん、いいですよ」

作るのは本当にこのぬいぐるみなんだ、と改めてびっくりする。

「そうなると、お料理が食べ終わらないうちに次のお料理、ということにもなるかと思いますが、それは――」

「それは全然大丈夫です。むしろ、そちらに失礼かと思ったのですが」

食べるまでに時間がかかって冷めてしまったりするのが。

「こちらのことはお気になさらずに。できるだけお客さまのご要望にお応えするつもりです」

「ありがとうございます」

「お先にお食事なさっていてくださいね。なるべく早くうかがえるようにいたしますので」

自分で望んだとはいえ、なぜかぶたのぬいぐるみと食事をすることになってしまった。望んだというか、なりゆきともいえるが、まさかこんなふうになるとは……。

部屋で待っていると、給仕をしてくれる女性（セルヴーズというらしい）が二人やってきて、

「お皿がいくつか並べられる少し大きめなテーブルにお取り替えいたしますね」

と言い、二人がかりで整えてくれた。

「山崎の席は向かい側にしますか？　それとも角をはさむ形にしますか？」

向かい側ではテーブルが大きいので、声が届かない気がする。身体が小さいから声も小さい、みたいに思えて仕方ないだけなのだが。

「角をはさむ形で」

セルヴーズたちはテーブルをセッティングすると、一人は出ていき、一人は残る。

「今日のメニューでございます。くわしい説明はシェフがお食事中にいたします」

メニューのカードを渡される。一口アミューズ、前菜、スープ、魚料理、肉料理、そしてデザート、コーヒーと進む。

「あ、デザートは特別なものを頼んでいたんですけど、それはなしでお願いします。さっき伝えるのを忘れていました」

一応プロポーズのつもりだったので……でも、もう普通のでいいや。甘いものはそんな得意ではないし。

「わかりました」

セルヴーズが出ていくと同時にソムリエがやってきた。

「お飲み物はいかがなさいますか？」

「よくわからないので選んでください」

と彰文は言った。

ワインくらい選べないと、と思って一応勉強してきたのだが、その気力は残っていない。でも、すすめてくるワインがみなおいしそう、と思えるくらいの知識はあるので、ちょっと飲んでみようかなという気分にはなる。

一口アミューズと食前酒、パンなどが運ばれてきた。食前酒は軽くて少し甘い。シェリー酒かな？

アミューズは鮭《さけ》のパテだった。薄切りの大根の上に盛られていて、本当に一口で食べられる。大根はパリパリで甘かった。ソムリエおすすめの白ワインのまろやかな酸味とよく合う。

食べ終わらないうちに前菜が出てきた。キノコづくしのサラダ仕立てで、どれも驚くほど味が違う。もしかして、これは本しめじ？　と思うが、自信がない。

ゆっくり食べようと努めていると、前菜の途中でスープが来てしまった。温かい和栗《わぐり》のポタージュだから、これは冷めないうちにいただかなくては。でも、前菜がまだ食べ終わっていない――どうしよう。

セルヴーズに目を向けると、言いたいことがわかったのか、

「お好きな順番でどうぞ」

と言われてしまった。どんどん並んでいくわけだし、食べたいものから食べたっていいよね。

彰文は熱いうちにスープを飲んだ。和栗は甘みよりも旨味が強いと初めて知る。果物というか木の実だし、クリーミーで菓子に使う印象しかなかったが、こう味わうと野菜のようだった。

魚料理も来た。キンキのファルスとあるけれど、ムースが魚の切り身で包まれている。

とてもおいしいが、ムースもキンキのなのか？

どれもちょっとずつ食べていて、本当に行儀悪いな、と思うが、なんだか楽しかった。言い方は悪いが、大皿料理が並んでいるみたいに思える。親戚《しんせき》がみんな集まった正月を思い出す。最近は集まることもなくなったが。

結局まだ一人で食べているけれど、それでもおいしいものを食べてだいぶ気分がよくなってきた。

「そろそろ山崎が参ります。肉料理とソルベを同時にお持ちしますね」

セルヴーズがそう言った時に、下から何やら声がした。何？

外からの声のように聞こえたので、窓をちょっと開けてみる。

「開けなさいよー！」

なんと叫んでいるのは須美代だった。エントランスのドアをどんどん叩いている。

ちょっと上向いていた気分がとたんにげんなりしたが、放っておくわけにもいかない。

彰文は急いで部屋を出て、階下へ降りた。

ロビーにはスタッフの人たち、そしてぶたぶたが不安そうに集まっていた。ドアには鍵がすでにかかっているらしく、叩かれてもびくともしない。

「あ、百生さま」

ぶたぶたが振り向く。

「今お呼びしようと思っておりました」

「どうしましょう、外で話しましょうか？」

「入っていただいてかまいませんが、百生さまにおまかせします」

外は割と冷え込んでいるから、

「じゃあ、中に入ってもらいましょう」

「わかりました。開けますね」

ドアを開けると、須美代はすぐに入ってこようとしたが、ぶたぶたを見てまた「ひっ！」と変な声をあげて立ち止まる。

「入って、寒いから」

彰文に気づき、須美代はおそるおそる足を踏み入れた。

他のスタッフは、フロントの男性とセルヴーズの女性を残して奥へ消えていった。

「車……ごめんなさい」

須美代が彰文に向かって言う。

「駐車場に置いてあるから」

鍵を差し出した。彰文はそれを受け取る。警察には「返しに来たから」と言えば、それで終わりかな。

「戻ってこないかと思ったよ」

「そんなわけないでしょ？」

いや、そんなのわからないけど。人の車で逃げたのだし。

「食事してないし」

言われた言葉がどんな意味を持つのかわかるまで、少し時間がかかった。

「食事するつもりなの⁉」

「当たり前でしょ、そのつもりで来たんだから」

当然という顔をして須美代は言う。その表情も、今まで見たことのないものだった。

「人の車を盗んだあとに、その車の持ち主と食事をしようって言うの？」

「いやねえ、人聞きの悪いこと言わないでよ」

なんでこっちが悪く言われるの？　彰文の口はポカンと開いてしまった。

「盗んだんじゃないわ、ちょっと借りただけよ。すぐ返すつもりだったの」

「貸して」なんて言われてないけど、と思うが、あっけにとられて言葉が出ない。

「いろいろあったけど、せっかくのディナーなんだもの、水に流してあなたと食事しようって思ったのよ」

やっぱりこっちが悪いみたいに言われてるけど⁉

さらに別の顔が上乗せされたような気分だった。しかもなんだかヤバい人の――え、こういう人だったの？　まったく気づかなかった……そんな気配は微塵《みじん》も見せなかったのに……。

「あのう」

ぶたぶたが前に進み出ると、須美代は一歩下がった。もう一歩出ると、また一歩下がる。ちょっと面白い。

「な、何よ……？」

「ちょっとご質問してもよろしいでしょうか？」

須美代の目が泳いでいた。

「先ほど、『イケメンシェフ』がどうとかとおっしゃっていたと思うのですが、どうしてそのような誤解を――」

須美代はぶたぶたを見ずに、彰文に向かって答えた。腰が引けている。本当に怖いみたいだ。

「だってだって、ここのこと調べると、『シェフがとてもすてき』とか『魅力的』ってよく出てくるんだもん！」

なるほど。それは嘘ではない。イケメンであると一切言ってなくても、そう思う人はいるかもしれない。

とはいえ、そうじゃないからとキレて投げていいわけでもない。

「あの、百生さん」

ぶたぶたには答えず、彰文に向き直る。

「このぬいぐるみはなんなの？」

そう訊かれてとっさに、

「彼は僕の友人だ」

と言った。その瞬間、

「はあああっ!?」

ドスのきいた声がロビーに響き渡る。

「じゃあ、このぬいぐるみのこと知っててあたしを連れてきたわけ!?」

嘘を言ってしまった手前、否定も肯定もしない。ぶたぶたも特に否定はしないようだし。

「なんでそんなことをするの!?」

地団駄《じだんだ》を踏む人を初めてリアルで見た。ていうか、どうしてそんなに怒ってるの？

「何に腹を立ててるの？」

さっぱりわからないので、訊いてみる。

「だって、人をバカにしてるじゃない、ぬいぐるみがオーナーシェフなんて！　ぬいぐるみに料理なんて、できるわけないでしょ!?　しゃべるなんておかしいじゃん！　気持ち悪いよ！」

そこまで言うか……。ぶたぶた自身を前にして。

「でも、料理食べに帰ってきたんだよね？　このぬいぐるみさんが作る料理を食べに？」

そう問うと、須美代は黙る。

「それはどうして？」

とても納得できる答えをするとは思えないが。

「だって……お店はとてもすてきで……料理おいしいって評判だから……食べたいなって思って。友だちにも言っちゃったし」

「でも、それを作っているぬいぐるみさんは気持ち悪いとさっき君は言ったよね」

ひどい言葉でくり返したくなかったが、彼女が言ったと強調しないとまたこっちが言ったとでも変換しそうなので。

「きっとぬいぐるみが作ってるなんて嘘なのよ。ぬいぐるみがフランス料理を作れるわけないもん」

「いや、そんなことはないね。さっき食べたけど、すごくおいしかったよ」

須美代はショックを受けたような顔になった。今頃？

「……食べたの？」

「食べたよ」

「一人で？　あたしを待たずに⁉」

そっちなの……？　文句の方向性がまったく定まらず、困惑の極《きわ》みだった。

「勝手に車で帰ったと思ったからね」

「そうじゃないわよ、すぐに返すつもりだったの！」

話が最初に戻ってしまった気がする。もしかしてこのまま話を続けていたら、ループしてまったく終わらないかもしれない。怖くなってきた。

「とにかく料理はこの山崎シェフが作っていて、君はそれは食べたくないって言ってるんだよね？」

「そういうわけじゃないのよ」

なんなの……全然わからない。話が通じていない気がする。

「もったいないじゃない、食べないと。この際《さい》目をつぶるわよ。あたしは心が広いから」

ものすごい上から目線に、「この人は宇宙人だ！」と心が叫ぶ。話が嚙み合わない。ぬいぐるみも人間ではないが、彼女は人間のふりをしている人間じゃないものに見えてきた。自分のことを棚に上げて、よく「気持ち悪い」なんて言えたものだ。

人間同士だからわかりあえるなんて嘘だな。宇宙人ってさっき言ったけど、それだってもう少しわかるんじゃないかな、と思う。

「ぶたぶたさんは僕の友人だって、さっき言ったよね？」

「ああ……そうね」

忘れているのかな？

「それについてはどう思ってるの？」

「それも許してあげる」

ドヤ顔でそんなこと言われても。

「どうして許してくれるの？」

「え……？」

須美代が驚いたような顔になる。話は終わったとでも思ったのかもしれない。

「そんなに結婚したいの？」

そう彰文が言うと、須美代はわなわな震え始めた。そして、大声をあげる。

「あんただってそうでしょおおおぉっ!!」

悲鳴のような声だった。彼女の叫びに、彰文はさらに冷静になっていく。

「そうだね」

確かに結婚はしたい。でも、それはなんのため？　寂しいから？　将来一人で暮らすのが不安だから？　親を安心させたいから？

彼女も同じようなことを悩んでいるのかもしれないし、生活の安定とかお金目当てなのかもしれない。そういう事情で結婚してうまくいくこともちろんあるんだろうけれど——自分は彼女のように必死にはなれないな、と感じた。必死とは違うのかもしれないが、そういうことにしておこう。

つまり、妥協《だきょう》をしたくないとかではなく、自分の生活の中に他人を入れる大変さをやっと知った、ということだろうか。多分、ちゃんとしている人とだって大変なのだ。あえて苦難を選ぶこともあるまい。

「でも、君と僕は合わないと思うよ」

須美代はそれを聞いて、何か言いたそうだったが、

「僕の友だちを『気持ち悪い』って言ったしね」

そう言うと、口を閉じた。

「人間よりぬいぐるみを選ぶわけね」

嘲《あざけ》るように彼女は言う。

「あのう」

とまたぶたぶたが前に出る。彼女は思い出したように「ぎゃあ！」と叫んで後ろに飛《と》

び退《の》く。

「当方の敷地内《しきちない》で車が盗難されたということで、一応警察に届けておいたのですが」

「なんですって⁉　警察⁉」

「いや、それは――」

届けたのは自分で、と話そうとしたが、ぶたぶたが目で制《せい》す。点目なのに、器用だな。

「これ以上問題が広がらないためにも、すみやかにお帰りになるのが得策《とくさく》だと存じますが」

「そんな脅《おど》し――」

「いやいや、ほんとだよ。君の名前も住所も、警察に言っておいたよ」

彰文が言うと、須美代は「ぎえーっ！」とまた聞いたこともない声をあげる。バリエーション豊富だな。

「お帰りのタクシーをお呼びしてあります」

ぶたぶたがドアを開けると、本当にそこに個人タクシーが待っていた。こんな人を乗せてタクシーの運転手は大丈夫なのか、と思ったら、降りてきた人は明らかにその筋の方にしか見えない。

「どうぞ」

うわ、声も怖い。

「よろしくお願いしますね」

「わかりましたよ、ぶたぶたさん。——早く乗ってください」

運転手にうながされた須美代は、あきらめたように乗り込む。直後、タクシーは猛スピードで発進する。しかし、さっきの須美代ほど速くなかった。俺の車、大丈夫かな。

テールライトが見えなくなってから向き直り、ぶたぶたに頭を下げる。

「すみません、ご迷惑をかけて……」

「いいえ、こちらも大人げないことを言ってしまいまして」

ぶたぶたの言葉に「？」となるが、

「警察の話を出すのって卑怯《ひきよう》かな、と思ったんですけど、ああいう方は割とそう言うと引き下がることも多いので」

「そうなんですか……」

「それから、なるべく早く共通のお知り合いなどに経緯《けいい》を説明しておいた方がよろしいかと」

そうか。といっても、そんな立場の人間は結婚相談所の担当者しかいないが、それでも簡単な経緯をメールしておく。プロポーズをしてから親などに紹介しようとしていたから、危機一髪《ききいっぱつ》だ。

「ほんとにすみません……」

帰ればよかった。いや、そうしていたら、ぶたぶたたちだけで対処させることになっていたから、いただけマシではあるが。携帯の電源も切られていたのか出なかったから、どうにもできなかったし。

「お気になさらず。こういう仕事だと、いろいろありますので」

「いろいろ……？」

やはりぬいぐるみ故の事件が？

「結婚披露宴《ひろうえん》などもたまにやりますしね」

あ、そっちね。そうだよな。普通の結婚式だって、トラブルがあるんだから。

あー、でも、そういう披露宴なんてあるんだ。須美代が思ったとおりの人だったら、そういうこともしたのかな、と思う。歳が歳なので、入籍《にゅうせき》だけでいいと彰文は考えていたが。

残念な気持ちはあとから来るのかもしれないが、今のところはこの段階で彼女の隠していた姿に気づけてよかったとしか言いようがない。

「お料理が冷めてしまいましたね……」

ぶたぶたのしょんぼりした声にはっとする。

「一応冷めてもおいしいものにしておいたのですけれど。もうお部屋にセッティングしてあるはずです」

ロビーの階段下で騒いでいたのだが、どうやって上がったの？

「厨房に料理用の昇降機《しょうこうき》がありますので、それで二階の配膳室《はいぜんしつ》に上げます」

「あー、階段もエレベーターも使わないで上に上げるなんて——」

できそう、ぶたぶたなら、と言ってしまいそうになる。

「あっ、さっきは変なことを言ってしまいまして、すみません」

二人で階段を上がりながら、彰文は言う。

「え、なんでしょうか、変なことって？」

「あの……ぶたぶたさんのことをとっさに『友人』と」

「あー」

合点《がてん》がいったような声だ。

「そんな、お気になさらずに」

それ、どんな気持ちで言ったのかな、と彰文は考える。この人と、ほんとに友だちだったらよかったのに、と思えたからだ。


約束どおり、部屋で食事をした。

とても楽しかった。ぶたぶたは話題が豊富だ。しかも、食べているところを見るのも——こう言ってはなんだが、すごく面白い。しかも健啖家《けんたんか》だ。あんなにたくさんの料理とワインがどこへ行くのか。あの小さなお腹に詰まっているとは思えない。どこか別の次元に飛んでいるの？　だいたい口はどこ？　どっしりしたナイフやフォークをどうしてそんなに軽《かろ》やかに使えるの？

まあ、どうやって料理しているのか、というのが最大の謎ではあるのだが。

そして実は、客と話しながら料理を作ることはよくやっているという。レストランのオープンキッチンの前に席を作ったりするらしい。じゃあ、料理するところも見られたのか。それを知っていたら！

「ただ、こうやって食べながら飲みながらおしゃべりできるというのはほとんどありませんので――貴重な経験です」

「自分の作ったものを食べるというのはどういう気分ですか？」

肉料理は羊のロティだった。スパイスが利いていて、香ばしい。温かいうちに食べたかったけれど、冷めていてもおいしい。

「自分で作ったということは忘れて食べますよ。少し時間がたったので余計に忘れて食べられます」

ぶたぶたはワインもいける口で、ぐいぐい飲む。

「お強いんですか？」

「いえ、このくらいでやめておきます。おいしくてつい飲んでしまいますけど」

彼はどこに住んでいるのだろうか？　なんとなく森へ帰っていくみたいな想像が浮かんでしまった。森の中に小さな家があって――木の上とか――そこで休む。冬は寒そうだな。

料理ももちろんおいしいが、ぶたぶたの言うとおりワインが本当においしくて、彰文はちょっと飲みすぎてしまった。さっきの騒動で神経が高ぶり、それを落ち着かせたくて、というのもあった。

「実はあの女性は婚活で知り合った人で——今日プロポーズする予定だったんです」

口がまさに滑《すべ》る感じで、彰文はこれまでのいきさつをしゃべってしまう。すると、ぶたぶたはショックを受けたような顔になった。

「わたしがぬいぐるみでなければ、破談にならずに——」

「いやいやいや、今となってはそれでよかったです」

結婚してから話が通じない人とわかったら、そっちの方がずっと悲惨《ひさん》だ。

「気にしないでください」

さっきぶたぶたが言ったのと同じようなことを返す。

「でも、結婚したいという気持ちはまだあります」

もうこりごり、と思わなかったのは自分でも意外だ。

「結婚……できますかね？」

これでは絡《から》み酒だな、と思いつつ、訊かずにはいられなかった。なんでだろう。訊いたってしょうがないのに、なぜか言いたくなる。彼が本当の友人でもないのに。

「結婚は……本当にしてみないとわかりませんからね」

「結婚したら幸せになれるなんてことは考えていないんです。ただ、誰かと一緒に新しい生活をしていって、それが幸せだと思えるようになりたい」

単に大きな変化を望んでいるだけなのかもなあ。

変化ね……変化なら、目の前にいるこのぬいぐるみとの出会いは、かなり大きな変化であると言える。失敗が約束された結婚から救ってくれた。ここに来たことで、彰文は大きく変わってしまったのかも。

結婚……できるのか？

「それはすてきな心がけですね」

一人は寂しい。でも残りの人生、一緒に気持ちよくいられる人と過ごしたい。結婚するとかしないとかはまた別の話だ。

「ありがとうございます」

「いいえ、こちらこそ」

二人で乾杯をした。自分ももう、この辺でやめておこう。

次の日の朝は、思ったよりも早く目覚めてしまった。

残っている酒を抜くため、朝食前に風呂に入る。風呂から山を染《そ》める朝焼けが見えた。

たっぷり朝食をとり、

「また来ます」

と言って、ル・ミステールをあとにした。ぶたぶたがずっと手を振っているのが、バックミラーで見えた。

家に帰って、ようやくスマホの電源を入れたら、須美代からのメールが山ほど入っていたが、それはとりあえずあとにして、結婚相談所の担当者からのメールを見る。

どうもあのあと、須美代は直接相談所に乗り込み、騒ぎ立てたらしい。他の相談所でいろいろトラブルを起こしたことや、以前の警察沙汰も白状したという。


規定違反なので、退会していただきました。申し訳ありませんでした。


とメールに書いてあった。

住所は知られていないはず。教えなかったのは、そういう予感が実は働いていたということだろうか。引っ越せないから、しばらく自衛《じえい》をするべきだろうが。

彼女、ほんとにぶたぶたのこと怖がっていたな。うんざりするけど、そこだけ思い出すと笑いがこみあげる。怖がるなんてひどいけど、そういう人とわかって本当によかった、と思うのだ。

とりあえず、またあそこへ行こう。謎に満ちたオーベルジュ、ル・ミステールへ。今度は両親でも連れていくか。あるいは友人同士とか？　仕事をがんばっている甥《おい》っ子《こ》たちにごちそうしてあげてもいい。

ぶたぶたに驚くだろうけれど、受け入れてくれそうな人たちの顔が浮かぶ。

そういう人とこれからは一緒に過ごそう。

ヒッチハイクの夜〈冬〉

これが自分の切《き》り札《ふだ》だ。

駅を降りた時、由慶人《よしけいと》はそう思った。

きっと美央子《みおこ》も喜んでくれるはず。あそこを予約するために、どれだけ自分ががんばったか、きっとわかってくれるはず。

ここは、妻・美央子の実家近くの駅だ。彼女が実家に帰ってから、すでに一ヶ月たっている。

家に戻ってきてほしいが、なかなかうんと言ってくれない。それは自分のせいだとわかっている。築《きず》き上げた信頼を失ったのだから仕方がない。

今日はその失った信頼を回復させるための第一歩になるはずの日だ。

意気込《いきご》んで駅に降り立った慶人は、さっそく美央子へ電話をかけた。しかし、「電源を切っているか、電波の届かないところにいます」と言われてしまう。サプライズだから前もって連絡していなかったのだから、これは想定内。直接迎えに行けばいいだけだ。

そのためには、車を借りなければ。

駅前のレンタカー店へ行くまで、人混みをかきわける。やたら外国人が多い。体格いい人多いよ。観光地だから仕方ないけど、大変だった。

駅前のレンタカー店で手続きをして、車を回してもらう。さっそく乗り込んで、美央子の実家を目指す。

雪が降ってきそうなのが少し不安だった。運転自体はまあ普通だと思うが、雪道にはあまり慣れていないのだ。ここら辺はそれほど降らない地域だし。

慎重《しんちょう》に運転していると、さっきの外国人の集団がてくてく歩いているのが見えた。あ、一番背の高い人のニット帽——というか、そのてっぺんについてる人形？　編《あ》みぐるみというんだっけ——には雪が。やっぱり降ってきたかー。歩くのは大変そうだ。

二十分ほどで美央子の実家についた。

しかし、チャイムを鳴らしても誰も出ない。留守《るす》らしい。

さすがに慶人は焦《あせ》る。いや、もちろん何も約束していないのだから、こうなる可能性はもちろんあったのだけれど、なぜかいるはず、と思い込んでいた、と今気づく。

もう一度美央子に電話をしたが、さっきと同じだった。

しばらく待つしかないか。時間はまだ余裕があるし、車の中で待っていればいいから。

しかし、一時間待っても誰も帰ってくる気配がない。あたりは次第に暗くなって、近《きん》隣《りん》の家の窓には灯りがつくが、美央子の家は真っ暗だ。雪のいきおいは強くはないが、ずっと降り続いている。車の中でもさすがに寒い。

何度か電話をかけ続けて、ようやく美央子が出た。

「おいっ、どこにいるんだ⁉」

もっと穏やかに話したかったのにいきなり喧《けん》嘩《か》腰《ごし》になってしまい、後悔するが遅い。

「どこにいようといいでしょ？　なんでいきなりそんなこと訊くのよ」

彼女の声も当然険《けわ》しい。

「今、美央子の実家の前にいるんだけど！」

電話が沈黙した。

「もしもし、もしもし⁉」

「……聞こえてるよ」

美央子は大きくため息をついた。電話越しでもわかるくらいの。

「なんの用で来たのよ？」

「いや、それは……会ってから話すよ」

だってサプライズだもん！

「会えないけど」

「えっ、なんで⁉　早く帰ってきてよ」

「帰るのは三日後だよ」

「どうして⁉」

「今、九州にいるから。お父さんとお母さんと一緒に、温泉旅行」

……九州？

「なんで前もって言わないの？　言われても、今日会うのは無理だけど」

「だって、だって……サプライズしようと思って……」

「あたしがサプライズ嫌いって何度も言ってたよね？　聞いてた？　聞いてないか。聞いてたら、今そこにいないもんね？」

そんなこと……言ってたような気もするが、実際にあったら誰でも喜ぶものだと思っていた……。

「帰ってきてよ、美央子……」

「何言ってんのよ！　お父さんとお母さん楽しみにしてたんだからね。すごくいい旅館なんだから！」

「俺だって、予約するのにどれだけ苦労したか！」

「そんなのあなたの自己満足でしょ？　あたしはちゃんとお父さんとお母さんの要望と予定を聞いて、旅行計画もちゃんと説明して、双方《そうほう》で納得して来てるんだよ。あなたはあたしの都合なんて全無視《ぜんむし》じゃん。あなたがそこに一人でいるっていうのがその証拠でしょう？」

　慶人は何も言えなかった。雪の降る誰もいない暗い道に車を停《と》めて、寒さに震えながら一人でいるのだから。

「あなたって、昔っからそうよね。いくら言ってもわかってくれないから、あたしは家を出たんだよ？　わかってる？」

「わかってるよ……」

「わかってないね。わかってないって丸わかりだった数秒後にそう言われても」

「すごくいいオーベルジュを予約したんだよ！　仲直りの印《しるし》に一緒に行こうと思っ

て！」

切り札なはずだから、種明かしをした。美央子が「オーベルジュに行ってみたい」って昔言っていたことを憶《おぼ》えていたのだ。自分はちゃんと彼女のことを考えているし、わかっているから、評判がよくて予約が取りにくいっていうオーベルジュを予約できたのだ！

「そういう安易な方法で仲直りとかやめて。全然うれしくない」

「おいっ、今日なんの日かわかってるのか⁉」

沈黙が流れた。

「……やっぱりそれを言うわけね」

さっきよりもさらに冷たい声がした。

「もう切るから。もうかけてこないで」

「美央――」

電話は切れてしまった。すぐにかけ直すと、また「電源が切られています」とアナウンスが。メッセージに切り替えて幾通《いくつう》も送ったが、既読《きどく》にもならない。

三十分くらいメッセージを送り続けたり、電話をかけたりしたが、もう反応はない……らしい。

どうしよう。予約をしたオーベルジュには、もうそろそろ行かなければならない。しかし、とても行く気にはならなかった。電話をして断ってしまおうか。

でも、宿泊の予約もしたんだった。当たり前だ。オーベルジュっていうのは、メシのうまいホテルみたいなものなんだし。ってことは……普通のホテルだとキャンセル料がかかるよな？　当日だと多分百パーセント……。

オーベルジュから送られてきたメールを見ると、確かに「当日の場合は百パーセントのキャンセル料がかかります」と書いてあった。つまり、行かなくても同じだけ費用がかかってしまう。

ここまで来て、これから家に帰っても誰もいないし、遅くなってしまうし、腹も減ったし……。

でも、一人で行ってレストランみたいなところで食べるなんて――と思ったが、そういえば個室でのディナーを予約したんだった、と思い出す。ここはレストランで普通に食事もできるが、宿泊する部屋での食事もできる。そっちを希望したんだった。

なんかもう、一人でメシを食ってヤケ酒でもしようか、という気分だ。泊まるのなら、飲みすぎたってかまわない。温泉もあるというし。部屋で入れるんだってさ！

今から帰るくらいなら、そうした方がマシか。

慶人は、車のエンジンをかけた。温風がエアコンからあふれ出て、かなり車の中が冷えていたと気づく。外じゃないだけマシってくらいだ。

少しエンジンをあったためてから発進させる。予約の時間が迫《せま》っていた。余裕を持って出かけてきたのに……美央子がいないから……。

雪が道路に積もり始めているので、あまりスピードも出せない。車も少ないし、人なんか全然歩いていない。慣れない風景に戸惑いながら慎重に走っていると、街道《かいどう》沿いの歩道を誰かが歩いているのが見えた。

えー、こんな雪の中大変だな、と思ったら、その人は慶人の車に向かって親指を立てた。

えっ、それってあれだよね、ヒッチハイクってやつ⁉　初めて見た。外国で車の運転などしたことないから、見たことないのは普通なんだろうけど。

つい通り過ぎてしまったが、なんとなく見憶えがある気がした。ええと……あの帽子……頭のてっぺんに人形がついてた……あっ、さっき駅の前にたむろしていた外国人の一人だ！

ええー、はぐれてしまったのだろうか。それとも、元々別のグループだった？　でもヒッチハイクなんて……慣れているのかもしれないけど、こんな暗くて寒いところじゃ危なくないのか？

慶人は思わず車を停めてしまった。もし美央子が一緒に乗っていたら、きっとそうしただろう。彼女は英語が堪能で、乗せてあげるかどうかは別にしても事情は訊いたかもしれない。一人で運転していてもそうなのか、というのは慶人にはわかりかねる。危険なのであまりやってほしくないけれど……。

窓ガラスがコンコンと叩かれて、慶人ははっとする。外国人の男性が満面《まんめん》の笑みを浮かべて何やら大声で話している。よく聞こえないし、慶人はあいにく英語が苦手だ。しかし停まってしまったんだから、「乗せてくれる」と思ったに違いない。

慶人は仕方なく助手席に乗るよう、身振り手振りで示した。

ドアを開けると、男性は「ありがと、ありがと！」と叫ぶように言って、助手席に収まる。大きな身体を小さな座席にちんまりと押し込め、なんだか楽しそうに笑う。髭面《ひげづら》で、いくつくらいなのかさっぱりわからない。目の彫《ほ》りは深く肌は浅黒いので、中東《ちゆうとう》系の人かな？

「ええと……」

ほんとなんにも言葉が出てこない慶人は、ただ笑うしかない。

ど、どうしようかな……。

「えーと……なんでヒッチハイクしてたんですか？」

って、当然どこかへ行きたいからヒッチハイクしてたんだよな？

しかし彼は、もう日本語の在庫はないらしく、何語だかもよくわからない言語をしゃべり出した。うひゃあ。

「せ、せめて英語、イ、イングリッシュで――」

そう言ったら英語になったらしいが、やっぱりわからない。

「じゃ、じゃあ絵を描いて――」

スマホのメモアプリの手書きモードで（紙のメモ帳なんか持ってないのだ）描いてもらおうとしたが、これがまたわからない。この人、絵が下手だ！　そして慶人も。

それでも一応チャレンジしてみたが――無益《むえき》な時間ばかりが過ぎて、ついに絵でのコミュニケーションもあきらめた。

困った……。車に乗せてしまったし、ほっぽり出すこともできない。道端《みちばた》にずっと車を停めておくわけにもいかないし、どうしよう、誰か英語ができる知り合い――。

そこではっと思いつく。これから行くオーベルジュって、つまりホテルだ。外国からのお客さんも多いんじゃないの？　そこへ行けば、誰かしゃべれる人がいるかも！

「ちょっと英語がしゃべれる人がいそうなところに、これから行くから。ホテル、ホテルね！」

ゆっくりと車を発進させると、

「ありがと、ありがと！」

と大声でお礼を言われるが、俺がひどい奴だったらどうするつもりなんだろうな、とちょっと不安になる。とはいえ、はっきり言って勝ち目のない体格差なのだった。熊《くま》みたいなこの人に比べたら、自分なんて柴犬《しばいぬ》くらいの大きさしかない。柴犬は勇敢《ゆうかん》と聞くが、慶人はミドリムシくらいの度胸《どきょう》しかないのだ。

オーベルジュ〝ル・ミステール〟の駐車場に車を停めた頃には、雪はかなり強くなっていた。運転、怖かった――。もう今日帰るという選択肢はないが、明日、大丈夫だろうか……。

もう暗いし、どんな外観なのかよくわからない。雪を避けてすぐに飛び込んでしまったので、ろくに見ようともしなかったが。

入るとすぐに、

「いらっしゃいませ」

と声がかかる。きちっとした制服姿の凛々《りり》しい雰囲気の女性が現れる。

「予約していた由ですが――」

「はい、承《うけたまわ》っております。フロントにどうぞ」

そこでやっと周囲を見る余裕ができた。白い壁と渋いダークブラウンの木が基調《きちょう》の内装に、なんだか落ち着く。外国人の男性は、興味津々で楽しそうに見回している。

「雪の中、大丈夫でしたか？」

「はい、なんとか」

フロントの女性は持っているタブレットに目を落とし、何やら確認したが、

「そちらがお連れさまですか？」

と不思議そうな顔をする。そうだろう。実は夫婦でお祝いするから、みたいなこと言

っておいたから……。

「あ、この人は連れではなく、実はヒッチハイクされてた方で」

なのにこの言い訳、わけがわからない。

「えっ、この雪の中を⁉」

「そうなんです。でも僕、外国語が苦手で、ここに来れば誰か話せる人がいるかと思いまして——」

「わかりました」

彼女が英語（多分）で話しかけると、彼はすごくうれしそうな顔になった。しばらくしゃべったのち、

「フランスの方ですね」

と彼女は言った。

「フランス語が堪能な者を連れてきます。ちょっとお待ちください。あ、コートをお預かりしますね」

もう一人店員さんがやってきて、二人のコートを受け取り、

「こちらでお待ちください」

とソファーをすすめられたが、なんとなく座りにくくて、彼とともに突っ立って待つ。彼はずっと感嘆《かんたん》するような声をあげている。あ、脱いだ帽子を手に持ってる。てっぺんについてる編みぐるみはクマだった。イメージどおりすぎるだろ。

「お待たせしました」

新たな男性の声がした方に振り返ると、あれ、誰もいない？

「由さまですね。いらっしゃいませ。わたしは山崎ぶたぶたと申します」

だいぶ下の方から声がする——と視線をずらすと、そこには薄ピンク色のぶたのぬいぐるみが立っていた。

何？　どういうこと？

慶人はまず自分の目を疑った。こんなところにぬいぐるみがいるのはそぐわないと思ったからだ。見間違えかな、と思っていったん目を閉じて、ゆっくり開けたが、やはりそこには黒ビーズの点目のぬいぐるみがいた。大きさはバレーボール大、突き出た鼻、大きな耳の右側はそっくり返っている。

後ろのフランス人（仮）が驚いたような声をあげる。ということは、彼にも見えてるっていうこと？　自分だけの錯覚《さっかく》ではない？

「そちらがフランスからいらした方ですか？」

そう言って、何やらまたわからない言葉を話し出す。日本語よりもこっちの方がしっくりくる気がする！

背後からも謎の言語が聞こえ始める。声はうれしそうだが、振り向いて表情を確認する勇気はない。

突っ立ったままぼんやりしていると、やがてぬいぐるみは、

「なるほど」

とつぶやき、

「この方、フィリップさんとおっしゃいます」

と慶人に説明し始めた。フランス語がしゃべれるの、このぬいぐるみは!?　なんか名乗ってたけど——すごくぴったりな名前な気がしたけど、度重《たびかさ》なるショックで忘れてしまった。

「今夜は民泊《みんぱく》に泊まる予定だったんですって。でも、行ってみたら予約されてないって言われてしまったので、困ってヒッチハイクをしていたそうです。ちょっとその民泊さんに連絡してみますね。あ、お二人ともお座りになってお待ちください」

そのあとまたフランス語で何か言うと、フィリップという名の男性は「メルシー」と言って、ソファーに座った。やっと座れる……。慶人も座ると、いきなり手を握られて(握手《あくしゅ》?)、「メルシー」を連発。さすがに「メルシー」の意味くらいはわかる。

「いえ、僕は連れてきただけなんで――」

何もしてない。交番《こうばん》がどこにあるか知ってたら、そこに連れていったろうし。この土地ではこのオーベルジュしか知らないから連れてきただけだ。美央子の家は誰もいないし!

それより! さっきのぬいぐるみの存在についてはどう思ってるの、この人! 訊きたい。訊きたいけど、もちろん言葉は出てこない。なんだか興奮気味に何か話しているのだが、それってもしかしてぬいぐるみのこと!?

しばらくして、ぬいぐるみが戻ってくる。なんだか顔が険しい。目と目との間にシワが寄っている。

「民泊さんに問い合わせてみましたが、ガチャ切りされました」

声も怒ってるような感じだが、そんなことありえる? 子供の心を癒やすぬいぐるみが、怒ってるなんて。あと、「ガチャ切り」という言葉も気になる。ぬいぐるみが言いそうにない言葉ベストテンに入りそう。

「悪質なところにひっかかったようですね。ちょっと調べてもらってます」

そう言ってから、フランス語でフィリップに説明する。するとさすがにしょんぼりしてしまう。大きな身体がしぼんだみたいに見えた。駅前にいた時、一緒にいたのは、たまたま知り合った人たちだったんだろうか。あの時は、楽しそうだった。人なつっこそうだし、せっかく日本に来ていろいろな人と朗《ほが》らかに過ごしていただろうに、なんだか申し訳なくなる。もちろん、慶人のせいではないが、外国でこんなことになったら、心細いはずだ。自分なら、もっとパニックになるかもしれない。

「今日泊まるところがなくなったってことですか？」

思わずそんなことを訊いてしまう。

「そうみたいですね」

それはかわいそう……。

「でも、うちのお部屋、一つ空いてますからね」

ん？　うちのお部屋？

そう言って、ぬいぐるみがフィリップに説明をするが、彼は悲しそうに首を振る。

「うーん、どうしましょうか……」

ぬいぐるみも困っている。

「どうしたんですか？」

「お金があまりないとのことで——」

くわしく訊いてみると、民泊にはクレジットカード決済《けっさい》でもう宿泊代を支払っているという。それで泊まれないとは詐欺ではないか、と思うが、今はどうにもできない。

お金を節約しながらの旅行らしく、このオーベルジュの宿泊料金は出せそうにないらしい。カードで支払うことはできるけれども、あとのことを考えると躊躇してしまうそうだ。

「素泊《すど》まり設定の料金でも、ちょっと、とおっしゃられていますので、知り合いの旅館に問い合わせてみますけど、今日は土曜日なので……」

そうぬいぐるみは言う。目間のシワがさらに深くなる。

「もし泊まるところが見つからなかったら、どうするんですか？」

フィリップにたずねると、ぬいぐるみが通訳《つうやく》してくれる。

「駅で寝るそうです」

「ええっ⁉　雪ですよ、今！」

「駅からは追い出されてしまうんじゃないかと思うんですけど——」

そういうところ、多いよね⁉　それはあまりにもかわいそう、と思ったら、考えるより先に声が出た。

「あのー、実は僕、連れがキャンセルになりまして」

「あっ、そうなんですか！」

特別なメッセージつきデザートなんて頼んでいたんだけど、それはキャンセルしよう……。

「こちらの方をそのかわりに泊めてあげてもいいかも、と思うんですが。食事も同じものを出してもらえれば、材料も無駄にならないでしょ？　部屋も別に同じでも——あっ、フィリップさんがいいかどうかですけど」

「お部屋は充分広いですし、二部屋に分けることもできますよ。それはお好みでセッティングできますけど——ご宿泊費は由さまのご負担で、ということを伝えてもよろしいですか？」

「はい」

このままキャンセルでも百パーセント払わなくちゃならないんだし。それなら彼に泊まってもらった方がずっといい。

ぬいぐるみがフィリップにたずねると、

「ノン、ノン！」

と叫ぶように言う。ノーってことだね。いやか、やっぱり……。知らない人となんか泊まれないよね。

「『そんなご好意には甘えられない』と言ってます」

あ、そういうこと？

「『ここまで連れてきてもらっただけで感謝しています』とのことです」

「いや、そういう親切心ってだけじゃないんですよね」

ぬいぐるみの顔がきょとんとなる。フィリップも似たような顔をしているが、それは単に言葉がわからなかっただけかもしれない。

「いいですか、どうして僕の連れが今日来なくなったか、わかります？」

ってわかるはずないよな。この人（？）たちは今日初めて会ったんだから。

「今日、実は僕の誕生日なんです」

「あ、それはおめでとうございます！」

ぬいぐるみがフィリップにも伝えると、

「おめでとう！」

と完璧な日本語で言ってくれた。

「ありがとうございます。でも、それどころじゃないんです。ここは妻とケンカをしたので仲直りのために、予約しました。僕の誕生日のことは憶えてくれていると思って、この日にしたんですけど、妻は両親と旅行に行ってしまって……」

慶人はぬいぐるみに事情を話した。

「オー……」

事情を聞いたフィリップは、そうつぶやいて絶句したようだったが、突然激しく何かをまくしたてた。

「な、何か怒ってます？」

「ええと……」

ぬいぐるみは戸惑っているようだったが、やがて、

「『奥さん、思いやりがない人ですね！』と言ってます。『誕生日なのに！』って」

そう……だよな。せっかくの誕生日なのに。夫の誕生日も憶えていないなんて。この日なら、断らないと思ったのに。

でも、美央子が「思いやりがない人」と言われると、なぜか反論したくなる。

「そうじゃないんで――」

と口を開きかけた時、突然自分も彼女に「思いやりがない」と言っていたことを思い出した。

それ以上何も言えず、慶人は黙り込む。その様子に、ぬいぐるみもフィリップも首を傾《かし》げる。

「あっ、とにかくお部屋へどうぞ。お食事の時間は少し遅らせますか？　少しお休みなさってはいかがでしょう？」

ぬいぐるみの言葉に、慶人ははっとする。

「お食事――あっ、あの、部屋じゃなくて、レストランの方がいいですよね？」

「そうですね。変更しておきましょう」

「それから、記念のデザートプレートをお願いしたんですけど、キャンセルってどなたに言えばいいですか？」

「あ、それはわたしに。作るのはわたしですから」

え？

「先ほどは名前だけの自己紹介で失礼しました。ここのオーナーシェフの山崎ぶたぶたです。ぶたぶたとお呼びください」

シェフ。さらにオーナー。だったら、シェフの帽子でもかぶっててよ！　ただのぬいぐるみでしかないのに、そんなのわかんないよ！

こちらの困惑をよそに、ぶたぶたは話を続ける。

「デザートは、メッセージなしのものにしておきますね。あ、そうだ！」

フィリップにいろいろたずねると、彼はすごくうれしそうに答えている。なんだろうか。しかしそれをたずねる気力がもう、慶人には残っていなかった。

とりあえず、フィリップと一緒に部屋へ案内してもらう。二階が客室だった。

広々としているが、シンプルで落ち着く客室だった。古いアメリカの田舎家みたいな雰囲気だ。なのになぜかかわいらしい。美央子も喜んだのではないだろうか。そう思うと、また落ち込んでしまう。

「お風呂、使い方お教えしますね」

案内してくれたフロントの女性がフィリップに英語で説明している。英語はちょっと苦手？　なの？

まあ、自分は日本語しかわからないので、二ヶ国語使えるだけで充分すごいんだけど……。

「お部屋、分けますか？」

スイートというのだろうか。二部屋――居間と寝室で分かれているし、間仕切りを取り外すこともできるという。寝室はツインだが、ベッドを追加して最大五人まで泊まれる、と説明が書いてあった。

「僕はこのままでもかまいませんけど」

フィリップも「ＯＫ、ＯＫ」とうなずく。寝室のベッドはかなり大きいが、追加のベッドでは彼には小さいかもしれないしな。

「お食事まで、おくつろぎください」

うーん、おくつろぎと言われても……。二人きりにされた時のことまで考える余裕はなかったからな……。

悩んでいると、フィリップが突然、慶人の前に立ち、何か熱心にまくし立て始めた。何を言っているのかまったくわからないのだが、どうも感謝をしている、というのはなんとなくわかる。そしてそれが治《おさ》まると、今度はなんだか激しい口調で何か言い始めた。それも、なんとなくわかった。彼は慶人の妻——美央子に怒っているのだ。言葉は一つもわからないのに、なぜかわかる。なんと不思議なことだろう。

慶人はそれに反論したかった。でも、もちろんフランス語も英語も出てこない。というより、日本語も出てこなかった。彼が言った、そして自分も言った「思いやりがない」という言葉の真意というか、説明を、今ここですべきなのに、できない。

しかもなぜか、美央子に対して「思いやりがない」と言われることに傷ついている。かばってやりたくなってくる。「そうじゃない」と言いたい。

でも、慶人は何も言えなかった。

フィリップは、言いたいことを言って満足したのか、

「おふろ、おふろ！」

と言い始めた。

「あ、先にどうぞ……」

身振り手振りでそう言うと、やはりわかったらしく、「メルシー！」と言って風呂場へ消えていった。ここは部屋に露天風呂がついている。もちろん温泉。雪だからもちろん寒いけれど、そんな中で温泉なんて、贅沢すぎる。フィリップもちゃんとわかっているらしく、外から鼻歌が聞こえてきた。

これで許してもらえる、と思ったんだよな、俺は。

スマホを見ても、美央子からのメールも何も来ていなかった。

そして、自分も彼女に何を言えばいいのか、わからなくなっていた。

身支度を整えて、レストランに降りる。フィリップもきちんとしたジャケット姿だ。

貧弱な英単語と懸命な身振り手振りでのコミュニケーションに成果があったかは定かではない。ただフィリップはとても上機嫌だった。自分もせめて上辺《うわべ》の機嫌くらいどうにかしたい、と思っても、どうも顔に戸惑いが出てしまう。

しかし、戸惑わない方がおかしくない？　だいたいフィリップさん、あのぬいぐるみシェフのことどう思ってるんだろう？

支度をしている間、それを問うてみると、

「オー」

と軽く言ってしばらく考えた末、

「キュート！」

と言って笑った。

「かわいいから、それでよくね？」みたいなニュアンスだろうか……（違う気がする）。他の人もそうなのかな……それともこれは、彼独特《どくとく》の感性？

「アンド――」

彼は、机の上に置かれた宿のパンフレットを指さす。

「ミステール！」

ここの名前は確かに「ル・ミステール」だが……？

「ミステリー！」

え？　ミステリー？「ミステール」ってミステリーのこと？　つまり「かわいくて、謎」と言いたいわけか。

……あれを「謎」だけでは片づけられないな、と慶人は思ってしまうが、とりあえずフィリップも「なんだかわからない」と思っているとわかって、ちょっと安心する。もしかしてぬいぐるみ自身も自分のことを「謎」と思ってこんな宿の名前にしたんだろうか——。

その謎は解けないまま、夕食の時間になってしまった。フォークやナイフがたくさん置かれている窓際の席に案内される。

そういえば、ちゃんとしたフランス料理なんて食べたことないかもしれない。結婚式の時もフランス料理だったけど、並べられた皿の中からいくつか食べたくらいだった。確か、フォークとかは外側から使っていけばいいんだよね？　何かあったら美央子の真《ま》似《ね》すればいいといつも思っているから……。

料理が出てくる前に、またあのぬいぐるみが出てきた。なんと！　ちゃんとシェフの格好してる！　ぬいぐるみにコスプレさせたみたいにしか見えない！　耳をきっちりと入れた帽子の方が身体より長くない？

ん？　待てよ？　ということは、さっきの姿は裸だったってこと？　あれが普通なの？　どういうこと？

考えれば考えるほど混乱するし、これ以上戸惑いたくないので、慶人は考えるのをやめた。

「今日はル・ミステールにようこそいらっしゃいました。今夜のお料理の説明をさせていただきます」

改めて山崎ぶたぶたってすごい名前だ……。いや、もしかしてサイトとかにもシェフの名前は書いてあったのかもしれないが、まったく憶えていない。憶える気もなかったのかもしれない。

「あなたって、憶える気のないものは、ほんと目に入らないよね」

「そんなに注意力散漫《さんまん》じゃないよ〜」

というやりとりを美央子としたことあったな、と突然思い出した。

「本日はシェフのおまかせコースです」

ぶたぶたは、料理の説明を日本語とフランス語でする。おお、なんだか雰囲気出るなー。何言ってるのかまったくわからないし、フランス語のメニューはまるで呪文《じゅもん》のようだ。

デザートまで説明したぶたぶたは、

「何かご要望はございますか？」

と言う。すると、

「すみません」

フィリップが手を挙げる。要所要所の日本語の発音いいな、この人。しかし要望はフランス語だ。

ぶたぶたが慶人に言う。

「お食事中、あなたとお話ししたいそうです」

「えー……そりゃ黙って食べるのもどうかと思いますが」

こちとらフランス語も英語もできないし、なんなら日本語も混乱しっ放しでおぼつかないような状態なのに。

「ですので、席をあちらに移動いたしますね」

あちらとは？　と目をやると、オープンキッチンの目の前だった。えっ、あそこで料理作るの？　このぬいぐるみが？

「できるだけわたしが通訳いたします」

その上そんなことを！　なんとスーパーなぬいぐるみだろうか！

「ええっ、料理作る邪魔になりませんか!?」

「お客さまとお話ししながら料理をするのはよくあることなので、大丈夫です。通訳もたまにありますよ」

普通のことなの……？

スタッフが手早くテーブルを整えてくれて、慶人とフィリップは席を移った。

飲み物を注文する段になって、何を飲めばいいのかもわからないことに気づく。するとフィリップが、女性ソムリエに何か言う。彼女はうなずくと、一本のシャンパンを持ってきた。

「これは、当店とフィリップさまからのお誕生日プレゼントです」

呆然としていると、

「もしかして——シャンパンはお好みではございませんか？」

「あっ、いえ、そうじゃなくて……びっくりしちゃって」

まさかこんなところで祝ってもらえるとは。おそらくこれは、別料金のものだ——と算段している自分が恥ずかしい。でも、思いがけなくてうれしかった。

「シャンパン好きです。いただきます。ありがとうございます」

繊細《せんさい》なシャンパングラスに、シュワシュワとした金色の液体が注がれていく。お高そうな——いやいやっ、そんなこと思わないっ！

「かんぱい！」

フィリップさんはフランス語の「乾杯」らしき言葉を言ったあと、日本語でも続けてくれた。

「め、メルシ……」

そう答えるのがやっとだったが、フィリップさんの顔はさらに明るく輝いたようだった。

シャンパンはとてもおいしかった。他の飲み物をどれにするかまた訊かれるが、ワインの味もよくわからないから、ソムリエにおまかせだ。

そんな受け答えをしている間に、ぶたぶたがキッチンでごそごそと何やらやってる。けど、ちゃんと見られない。最初の料理がもう出てきた！

え、これが前菜？　レンゲに何か載ってる……。

「これは……」

「ズワイガニとアボカドの一口アミューズです」

すでにフィリップはペロリと平らげ、

「おいしい！」

と言っている。慶人も一口で食べてみる。

おお……カニの旨味とアボカドのねっとりとした食感が混ざっておいしい。ちょっと和風な味つけにも感じられる。その味わいに突き出しを思い出す。居酒屋のとは食材も盛りつけも全然違うけど。

「お気に召《め》しましたか？」

ぶたぶたが慶人にたずねる。

「はい、とてもおいしいです」

食欲が湧いてきた。

「お誕生日のディナーをどうぞ楽しんでください」

「ありがとうございます」

こんな誕生日は初めてなので、正直どうしたらいいのかわからなかった。当初の予定が狂った時から、最悪な誕生日になると思っていたが、実はそもそも自分の誕生日にはそれほどこだわりがなかった。なんとなく自分を優先してもらえる日、としか思っていなかったかもしれない……。

「前菜は、地元農園の朝取り野菜を軽くソテーした焼きサラダと、牡蠣《かき》のプチグラタンです」

さっきは見逃してしまったが、今度は目を凝らす。フィリップを見ると、彼もやはりそう考えているらしく、ぶたぶたの手元を見つめている。

ぶたぶたは、その柔らかい手でつかんでいるとはとても思えない包丁で野菜を巧《たく》みに切り刻んでいく。そして、それを包丁よりも重いであろう鍋でさっと炒《いた》め、軽く塩コショウするだけで皿に盛った。ぱっと下に消えたかと思うと、素手《すで》で小さなグラタン皿を持って出てきた。包丁すらとても持てるとは思えないが、鍋つかみがいらないというのはあの手の長所なのかも。

オープンキッチンにはおそらくぶたぶたが移動しやすいように台が置かれているのだろう。すごくめまぐるしく動いているが、帽子は落ちない。右左上下に動きながら、四角い皿に前菜を美しく盛りつける。

その手際を見ていると、次第に何も考えられなくなってくる。抱えている混乱や不安も何もかも忘れられるようだった。ぬいぐるみが美しい料理を作る光景は本当に魔法のようで、こんなにも目を奪われるものだなんて。

人間が作るのが当たり前のものをぬいぐるみが作っているという信じられない状況な

のに、見ているうちにとてつもなくおいしそうに思えてくるという——自分で自分に「大丈夫？」と声をかけたくなる。

これは美央子と来ていても同じだったんだろうか。それとも言葉の通じない相方と思いがけなく食卓を囲むことになったからなのか。

何か違う世界に足を踏み入れたような——そんな気分に支配される。これが、俺への誕生日プレゼント？　いや、サプライズ？　でも、誰からの？

「どうぞ」

はっと我に返ると、もう皿が目の前に置かれていた。ぬいぐるみと自分たち二人——三人しかいないように思えたけれど、ちゃんとギャルソンもいた。

ナイフとフォークをおそるおそる取り、前菜を口に入れた。

「うまい……」

二人してため息をつく。シャキシャキとした野菜の歯ごたえと甘み。ソース？　ドレッシング？　がまたおいしい。牡蠣のグラタンはソースがふわっと軽い口当たりで、牡蠣の味を引き立てている。

フィリップが何やらぶたぶたを讃《たた》えている。

「あっ、おいしいです、ぶたぶたさん」

ついそう呼んでしまった。それを聞いたフィリップも「ぶたぶたさん」と呼び始めた。

「すみません、なれなれしく呼んでしまって……」

「いえ、皆さんからそう呼ばれておりますから、ぜひ」

そうか、みんなそう呼ぶ——呼びたくなるよね、きっと。

「フィリップさんは、今いろいろな国を旅しているそうです」

ぶたぶたは、料理をしながらそう言う。フィリップはいくつかの国を歌うように発表した。イギリス、ドイツ、スイス、アメリカ、そして日本。

「どの国もその国らしい面白さがあったけれど、日本で今起こっている、この夜以上の楽しいことはなかったそうです」

それを聞いて、慶人はちょっと笑う。自分もこんな衝撃的な出来事は初めてだ。

次の料理が出てきた。カブのスープだ。それを一口食べて、フィリップはまた感嘆の声をあげる。トロトロで、熱々だ。けれど、熱くて飲めないわけでもないちょうどいい温度。目の前で作るからだろうか。

「食事も一番おいしいですって。うれしいですねえ」

ぶたぶたはニコニコしながらも手を止めない。包丁をどうやって扱っているのか、鍋やフライパンをどうやって操《あやつ》っているのか——雰囲気最高の間接照明なのだが、どうせならもっと明るいところで見たい、と思った。手元暗くないのかな。

「あなたが一人で食事をしないでよかった、こんなにおいしいもの、一人で食べちゃダメですって」

そうフィリップから言われて、やっぱりこれ以上黙っているわけにいかない、と思う。ぶたぶたにもフィリップさんにも関係ないことだが、やはり美央子を誤解されたままでは、申し訳なくて——。

「あのう、フィリップさんに、

『僕の妻は思いやりのない人ではないです』

と言ってもらえますか？」

ぶたぶたは手を止めて、こちらを見る。

「誤解なんです……」

「わかりました」

ぶたぶたがフィリップに通訳してくれた。するとすごく不思議そうな顔で慶人を見る。

「なぜ?」と多分フランス語で言ったらしい。

「あの、発端は自分の勝手な行動からなので……」

次の料理が出てきた。魚料理だ。サワラのポワレだそう。

少し食べては少ししゃべる、をくり返す。ぶたぶたは、料理を作りつつ、通訳をしてくれる。

「疲れませんか?」

「大丈夫です。しゃべるのと料理は脳の違う分野を使ってるんだな、といつも実感しています」

……慶人としてはぬいぐるみに「脳の違う分野を使ってる」と言われることの方が衝撃的だった。脳——なければ料理もしゃべることもできないが、その脳、何でできてるの?

サワラは、カリッとした皮にふわっとした白身《しろみ》がおいしかった。身自体は優しい味つけだが、皮にふられた多めの塩が香ばしさを強調する。付け合わせの野菜やソースやスパイスと一緒に食べるとそのたびに味にバリエーションが出る。

「実は、実家に今、姉が帰っていまして——」

慶人の実家は、今美央子と住んでいる家に近い。同じ路線で、数駅離れている程度だ。そこに、夫に浮気《うわき》されて離婚した姉が小学生の姪《めい》を連れて戻ってきた。

姉は現在、再就職に奔走《ほんそう》していて、姪・悠亜《ゆうあ》の面倒は実家の両親が見ているが、二人もまだ働いているし、悠亜が一人で寂しい思いをしているると思うとかわいそうで、慶人はしばしば会社の帰りに実家へ寄っていた。

すると、両親に夕飯を食べていけなどと言われ、つい父親と飲んでしまったりして、家に帰るのが億劫《おっくう》になったりして、実家に泊まることが最近多かった。

でも、毎日ではない。一日置きくらいかな……。実家の方が数駅会社に近いので、本当に「つい」ということなのだが。

最初は両親や姉から「帰れ」と言われていた。でも、悠亜から「帰らないで～」とか言われると、つい……。「そんなこと言わないの」などと悠亜が叱《しか》られたりするとまた「いいよ、いいよ」みたいになってしまったりして。お父さんと会えなくなって悲しいんだよな。まあ、元旦那は浮気をしてずっと帰ってなかったらしいけど。

「そんな感じで、実家に入り浸っていたら、妻がキレてしまいまして」

フィリップがちょっと驚いた顔をして質問をする。

「どのくらいそういう〝二重生活〟をしていたのですかって訊いてます」

二重生活——なるほど、そう言われればそうなのかもしれない。

「半年ほど……」

口直しのソルベを盛りつけていたぶたぶたの手が止まった。何も言わずに目を丸くして（わかるのはなぜだ）、フィリップに通訳すると、

「そんなに⁉」

彼はそう言った。そうか……そういうふうに思われてしまうのか。誰にも言ったことがなかったのだが。

ソルベが出てきた。ゆずの香りがする。苦味がアクセントになっていて、口の中がさっぱりする。

「こんなにおいしいソルベ、初めて食べました」

とフィリップも言っている。もうちょっと量が欲しいと思うが、そういうことか！

食欲増進《ぞうしん》ってことなのかな⁉

ソルベをゆっくりと食べ、次の料理までの間、また慶人は話す。

美央子からは再三「やめてくれ」「家に帰ってきて」と言われてきた。でも、姉や姪

から何か頼まれると実家へつい行ってしまう。それをくり返して半年後のある日、美央子が言った。

「明日あたし、実家に帰るね」

慶人が驚いて、

「どうして⁉」

とたずねたら、

「そう訊かれること自体がムカつくけどね」

と言いつつ、答えてくれた。

「ずっと実家にばかり行ってて、ちっとも帰ってこないから、あたしも帰りたい」

「仕事は⁉」

「在宅《ざいたく》だから実家でもっていうか、どこでもできるっていつも言ってるよね？」

そういえばそうだった。

「あのさあ、もう半年にもなるよ、実家に住み始めて」

「住み始めて」を強調して言う。

「最初の方はしょうがない、と思ってたけど、ダラダラ続けてるあなたと同じくらい、ご実家の人たちもわからない」

そういえば、最近は「帰れ」って言われなくなってたような……。姉に頼まれて悠亜の学校の行事へ行ったり、日曜日に遊園地へ連れていったり、つい数日帰らなかったことも……。

姉は最初、仕事を見つけてすぐに出ていくと言っていたのだ。でも仕事はなかなか決まらず、今はパートで働いている。今まで悠亜とは盆《ぼん》暮《く》れや冠婚葬祭《かんこんそうさい》時などしか会っていなかったが、毎日会っているとなんというか……情が湧くというか。自分の子供がいれば、そっちを優先しただろうけど……。

母親など、

「ずっとこういうふうに暮らしていけるといいねえ〜」

などと妙にはしゃいでいた。もちろん美央子のいないところでだが、彼女はまるでそれを聞いていたかのように、こんなことを慶人に言った。

「あなたにとっての家族は実家の人たちで、あたしではないみたいだよね」

「そういう問題じゃないだろ。悠亜がかわいそうだからやってるだけだよ」

「かわいそうだけど、それじゃ何も解決しないよ」

「あーあ、そんなこと言うなんて、美央子は思いやりがないな」

自分としては軽い物言いだった。「そんなこと言うなよ〜」にちょっとつけ加えてみただけのつもりだった。

それに対して美央子は何も返事をくれず、そのまま別室で寝てしまった。そして、次の日の朝起きたら、もう妻はいなかった。

いつもおいしい朝ごはんが出ていたテーブルには、紙が一枚だけ。

『長い間ずっと、あなたにわかってもらいたくてたくさん話していたけれど、あなたは結局私が何に怒っているのか全然わかっていないようなので、実家に帰ります』

スマホにも書き置きと同じ文面のメッセージを残していた。本当に帰ってしまうとは思わなかった。

「それで、仲直りのために、ここを予約しまして――」

肉料理のブルゴーニュ風牛肉のシチューを食べながら、そう言う。

「俺の誕生日になら来てくれるかな、って思ったんですが、来てくれませんでした……」

料理はすごくうまい。牛肉が口の中でほろほろと溶けていく。なのにどうしてこんな情けない話をして、雰囲気をどん底に落としているのだろうか。この料理にもっともふさわしくない話ではないか。

「あっ、俺自分のことばっかり話してますね。暗い話をしてしまってすみません、フィリップさん……」

すると驚いたことに、

「そんなことないです。まるで自分のことを聞いているようでした」

と彼は言った。

「実はわたしは、離婚を機にこの旅行に出たのです」

ぶたぶたからそう通訳されて、慶人は呆然としてしまう。

「情けないことに、離婚当時、わたしはどうしてそうなったのかわからなくて……自分ではうまくいっていると思っていたのです」

フィリップが言う。

「ご実家との問題ですか？」

自分がそうだから、と思って慶人がたずねると、彼は首を振った。

「いえ、わたしが家事や育児にあまり協力的でなく、彼女にばかり負担をかけたせいです。わたしとしてはちゃんとやっていたつもりなのですが、全然足りていなかったらしく……。

『言っても改善してくれなかった。離婚した方が、あなたの世話をしないだけマシ』

と言ってました。わたしは、そういう生活は彼女が選んだことであり、わたしも満足していたから、彼女もそうだと、当時は思っていました」

それを聞いて、慶人は気づく。最初に実家に通い始めた時、美央子は、

「悠亜ちゃん、寂しいだろうから、元気づけてあげて」

と言っていたのだ。悠亜をかわいそうと思う気持ちは一緒だから、実家に帰って姉と姪の世話をすることを美央子も望んでいると錯覚してしまった。ずっと通い続けることは仕方ないことだ、と考えてもらえると。

でもそれは、自分の家庭をないがしろにすることと一緒だったのだ。浮気をした姉の元夫と比べて、自分はいいことをやっている、そして本気で悪気もなかった。だから許

されると思っていたが、理由が違うだけで家に帰らなかったのだから大して変わらない。

「離婚した時はわからなかったと言ってましたけど、今はわかっているんですか?」

フィリップにたずねる。

「あなたの話を聞くまで、わかっていなかったように思います。わかっていたけど、認めたくなかったというか」

慶人もそうかもしれない。だから今日、自分の誕生日にここを予約したのかもしれない。誕生日ならば、祝ってくれる、来てくれる、今日謝ったら大目に見て許してもらえる——そう思っていたのだろう。

「『何が悪いか、わかっていない』って妻によく言われました」

フィリップが言う。

「それは俺も言われました」

まさに置き手紙の言葉がそれだった。

フィリップが突然ぶたぶたに向かって何かをまくしたてた。

「えっ、そうですねえ……」

ぶたぶたが困ったような顔になりながらも、プレートにアイスクリームを盛りつけている。

「チーズはお好きなものをお選びください」

ワゴンがやってきた。様々なチーズが並んでいるが、これまたあまりくわしくないし、はっきり言ってお腹がいっぱいなのだ。だけど、一つくらいは食べてみたい。青カビのはちょっと苦手だから、無難《ぶなん》にカマンベールらしきチーズを選ぶ。フィリップは、なんと全部を少しずつ選んだ。いいんだ、そういうのも。いや、食べられないけど。

アイスクリームとクレームブリュレとチョコレートケーキが盛りつけられたデザートプレートも出てきた。本当だったらこれに、「仲直り記念」みたいなメッセージをつけてもらおうかな、と思っていたのだ。今となっては、汗が噴き出る作戦だが。

フィリップとぶたぶたがしきりと会話をしているが、慶人にはわからない。ぶたぶたに何か頼み込んでいるようだが、なんだろう？

「あ、すみません。フィリップさんが、わたしに『どう思いますか？』って訊いてきまして」

ぶたぶたが言うと、フィリップがまた何か言う。

「なんて言ってるんですか？」

「『夫婦円満の秘訣《ひけつ》を教えてくれ』って」

夫婦円満……？

「どういうことですか？」

ぬいぐるみに夫婦円満の秘訣を訊くとは。

「ここは、わたしと妻でやっているオーベルジュでして。さっきフロントで出迎えたのが妻です」

ケーキがフォークからぽろりと落ちた。

「えええーっ!?」

はしたない大声をあげてしまう。他に誰もいないからいいけれど。

「どうしてフィリップさんがそれを知ってるんですか!?」

「サイトに書いてあります」

「えっ!?」

嘘っ！

「ちょ、ちょっとすみません……」

断ってスマホで検索してみると、

オーナー夫婦とスタッフ一同が、アットホームなおもてなしでみなさまをお迎えいたします。


そしてその下にはちゃんと英文も。

俺、ほんとに注意力ないかも……。

呆然とする慶人をよそに、フィリップがまたぶたぶたにたずねている。迷った末に答えたことに、フィリップがとても感心しているのを見て、はっとする。

俺も知りたい！　ちゃんと美央子に謝れるようになりたい！

「なんてフィリップさんに言ったんですか？」

「あ、大したことではないのです。夫婦に限らずですけれど、『相手と自分はまったく違う人間なんだ』といつも意識しているって申し上げました」

そう言われて、また慶人は呆然とする。すごい……すごくわかりやすい。あの奥さんとぶたぶた、全然違う！　何しろ、ぬいぐるみだし。いや、人間なの？　少なくとも中身は人間というか――俺よりずっと人間味があって、奥深い気がする。

「自分が気にすることしないことを『相手も同じように思うはず』と誤解しないということです。家族でも別の人間ですからね。自分と同化させない方がいいですよ」

自分も美央子がぬいぐるみだったら、すぐに理解できたのかもしれないが、あいにく彼女はそうではなかった。だから、同じだと考えてしまったのだ。同じ人間同士でも、全然違うのに。目に見えるものしか、慶人は見ていなかった。

慶人の実家の家族は、みんな同化しているのかもしれない。言わなくてもわかる、みたいな。実際はわかっていなくても、特に気にしない、というか、まあこんなもんかなとあきらめる。

それって相手の話を聞いてないってことだよな——そのくせ、文句は声高に言う。それが聞き入れられなくても、いつの間にかうやむやになる。

そういうのに慣れた環境にいた方が楽だった、というだけか。

そんな人間のままだと、本当に美央子に捨てられる。慶人は別れたくなかった。

その夜、フィリップも考え込んでいるようだった。慶人は思い切って話しかけてみる。

何から話せばいいのか、と迷いながらも、二人で夜遅くまで、拙《つたな》いながらもなんとか話し合った。言葉がうまく通じないと、「どうやったらわかってもらえるだろう」と工夫する。そんな当然なことに、今更二人とも気づいた。

「離婚する前に気づきたかった」

とフィリップさんは言う。

「でも、気づけてよかった。君もがんばれ」

そう言われて、慶人はうなずいた。


次の日、たっぷり朝食を食べたフィリップさんを、慶人の車で駅まで送る。

昨日は見られなかったオーベルジュの外観は、美央子好みの素朴な切妻屋根のかわいらしいものだった。俺だって、いくらか彼女の好みは憶えているはず。きっと喜んだだろうなあ。

エントランス前で、スタッフ一同が見送ってくれた。今朝もぶたぶたはシェフの格好をしていた。オムレツおいしかった……。焼きたてのクロワッサンも皮がパリパリで、何もつけずにいくらでも食べられた。

たまたま予約ができた（多分キャンセルが出たんだろう）けれど、また来れるだろうか。ぶたぶたたちに手を振りながら、そんなことを思う。

雪は夜半《やはん》から雨に変わり、今もまだ降っている。雪はほとんど溶けていた。

駅前でフィリップと握手をして別れる。彼は、自分のかぶっていた編みぐるみつきの帽子をくれた。

「これくらいしかお礼ができなくてごめん」

と言っているらしい。

「そんなこと、気にしないでください」

慶人が日本語で言うと、多分理解できたんだろう。彼はにっこり笑った。そして、

「メールするよー」

と言って、駅の人混みに消えていった。今度は関西の方へ行くらしい。

英語の勉強くらいしなきゃな、と慶人は思う。

レンタカーを返して電車で家に帰ると、宅配便の不在票が入っていた。連絡して持ってきてもらうと、それは美央子からの誕生日プレゼント——ずっと欲しかった腕時計だった。

いつこれの手配をしたのかはわからないが、その時はきっと慶人のことを思っていて

くれたはず。「はず」とつい思ってしまうのは悪いクセだけど、これは多分そうだ。

美央子にメールを出す。

誕生日プレゼントありがとう。うれしかったです。
旅行から帰った頃に、そちらの実家へ行きます。一度でいいから話を聞いてください。
美央子がどうして怒ったのか、わかった気がする。

美央子の実家へ行く前に、電話がかかってきた。

「話って何？」

本当は会って話したかったが、今この時が最後の会話になるかも、と考え、話した。

「何に怒ってるのかわからないって言ってたけど、それって俺が美央子の話を聞かないってこと？」

そう言うと、美央子はしばらく黙った。

「どうしてわかったの？」

疑心暗鬼《ぎしんあんき》な声だった。自分がどれだけ彼女の信頼を失ったかわかって、愕然《がくぜん》とする。

「よく考えたんだよ」

美央子はその電話のあと、家に帰ってきた。改めて話し合いをし、いろいろ取り決めをする。

「言われないとわからないしすぐ忘れてしまうので、話し合ったことはきちんと書き出す」

「常に書き出したメモの確認をする」

「週に一回、決めたことが守れているか話し合う」

「実家の用事は、誰の手も足りない時にしか行かない」

こんな感じで——新入社員みたいな気持ちで取り組むことにした。わからないことはその都度《つど》とことん話し合う、というのも加えた。

実際にそのあと、悠亜の授業参観に土曜日来てほしい、と言われたが、美央子との約束を優先した。前は悠亜を優先してしまっていたのだ。悠亜が涙声で電話をしてきたし、それでも断ったら学校へ行った母に嫌味《いやみ》を言われたが、姉はあとで謝ってくれた。

「ごめんね、慶人と美央子さんに甘えていたよ」

パートから正社員になれそうだ、という話を聞いて、ちょっとほっとした。

「どうしてそんなに変わったの？」

美央子は慶人が「もう変わらないだろう」と思い、子供もいないから離婚を考えていたらしい。

慶人はまだ、あの夜のことを誰にも話していなかった。フィリップとはネットの翻訳《ほんやく》サービスを使いながらなんとかメールを続けている。ぶたぶたにもお礼のメールを出した。二人がいなければ、美央子と別れていた可能性が高い。

なんだかいい人ぶってると思われそうで、話すのが怖いのだ。

うまく説明できる自信はないが、話してみようか。それとも、何も言わずにル・ミステールに美央子を連れていくべきだろうか？　——いやいや、サプライズは嫌いなんだった。

どちらにしても、あれから予約を取ろうとしても、取れないんだなあ……。あの時は本当に奇跡だったのかもしれない。

現実とは思えないような夜だったから、夢だったのかも、と今でも思うのだけれど。

野菜嫌いのためのサラダ〈春〉

光輝《こうき》のお父さんは、野菜を作っている。

大きな畑やビニールハウスのある農園で、お父さん、お母さん、おじいちゃん、おばあちゃん、おじちゃんたち、おばちゃんたちと毎日いっしょうけんめい働いている。

「平田農園の野菜はおいしい」といつも言われていて、東京の有名なレストランにも卸《おろ》している。直売所でもよく売れるし、地元の珍しい野菜も作っていて、とても評判がいい。

——というのは、小学二年生の光輝にはよくわかっている。もう少したったら手伝えることも増えるだろう。植物を育てるのは面白いし好きだ。将来は植物や農作物について勉強できる学校に行きたい、と考えているくらい。まだ誰にも言ってないけど。

なんで言えないかというと、光輝は野菜が嫌いだからだ。それは家族の誰もが知っている。なのに勉強はしたいって——自分でもなんか変だな、と思うのだ。食べるのはいやだけど、育てるのは平気ってどういうことだろう？

料理する人が違っても、野菜以外はいやだなんて思ったことはない。むしろ、みんなおいしい。お母さんの料理が一番好きだけど、それでも野菜は苦手なのだ。

何がダメなのか、光輝自身もよくわからない。いつか好きになることもあるんだろうか。

昔はみんながなんとか食べさせようと工夫してくれたみたいだが、どうしても味がわかると食べられなくて、もっと嫌いになりそうで――今は無理しなくてもいい、と言われている。でも、お父さんが寂しそうなのだ。アレルギーの検査もしたけれど、そういうのはないので、単純に嫌いなだけみたい。

うちで作った野菜が食べたいのに……どうしたらいいんだろう。

友だちに訊いてみた。好き嫌いがないというスミオくんに。

「なんで食べ物の好き嫌いないの？」

とまずたずねる。

「だってなんでも食べたいもん」

スミオくんはものすごい食いしんぼうなのだ。

「野菜も平気だよね……」

「光輝は野菜嫌いだよな」

給食の野菜をこっそりスミオくんに食べてもらっている。食いしんぼうなだけじゃなく、とてもおいしそうに食べる。

「なんで嫌いなのかって、俺が訊きたい」

「わかんないけど、口に入れると食べられなくなるんだよね」

「匂《にお》いなの？　味なの？　やなのは」

「両方じゃないかな」

「料理の仕方とか」

「うちはみんなおいしいよ……。スミオくんちは？」

「まあまあ。テレビとか見てると、すごくおいしそうな料理とかあるじゃん。それとは全然違うけど」

そういう番組は、あまり見ないなあ。

「あれ食べたら、どんな味がするのかなっていつも思うよ」

「野菜とか入ってたら、それだけでダメなんだけど……」

「けど、もっとすっごく料理上手な人に作ってもらったら、違うんじゃないかな」

「どういう人？」

「レストランのシェフとか。フランス料理とかの！」

スミオくんの目がキラキラしている。

「フランス料理ってそんなにおいしいの？」

「おいしいらしいよー。盛りつけもきれいなんだよー。お母さんがいつも『一度食べてみたいわー』って言ってる」

そうなんだ……。

家に帰ると、お父さんがトラックに野菜を載せている。

「ちょっと配達行ってくるからな。お母さんたちは畑にいるから」

「うん、わかった」

ダンボールいっぱいの地元野菜（けっこう珍しいもの）を見て、ふと光輝は思う。

「それ、どこに配達するの？」

「ん？　ル・ミステールってオーベルジュ」

「おーべる……？」

知らない言葉だ。

「ああ、フランス料理のレストランだよ。お前たちが大きくなったら行きたいなーって思ってるところだよ」

そう言って、お父さんは配達に行ってしまった。

家には誰もいなくなった。事務仕事をやる部屋へ行っても誰もいない。

電話の前に、番号のリストがある。その中に「ル・ミステール」と書かれている。局番からすると、近所だ。

フランス料理なのか！　そういうところの「シェフ」なら、光輝も食べられるような野菜料理を作ってくれるかも。

次の日光輝は、学校から帰ってくると自転車で出かけた。お父さんたちは畑や作業場、妹は保育園にいる。

ル・ミステールの住所をメモってきた。光輝はもう地図が読めるから、多分自転車なら三十分くらいで着くはず。とりあえず今日は、何か野菜料理を作って食べさせてもらう、という約束を取りつけたい。

レストランは山の中にあるけど、道は一本なので迷うことはなかった。自転車はMTBなので砂利道《じゃりみち》でも余裕だ。

木々の間から、緑色の屋根が見えてきた。わー、かわいい。なんか日本じゃないみたい。光輝の家は広いけど古い日本家屋《かおく》なので、こういう家にあこがれる。

駐車場には車はなかった。すみっこに自転車を停めて、家——っていうかレストランか、そこの前まで行く。

ドアに手をかけて引っ張ってみると、簡単に開いた。そういえばレストランなんだよね。家みたいだから、すっかり忘れていた。

「こんにちはー……」

ドアから顔を突っ込んで、声をかけてみた。シーンとしている。は、入ってもいいかな……？

光輝はそっとドアを閉めて、中に入った。窓が大きくて、明るくてきれいだった。ほんとに外国にいるみたい。こういうところでフランス料理って食べるものなの？

「ええと……誰もいませんかー……？」

声をかけても誰も出てこないので、ずんずん奥に進めてしまう。

けど、誰もいない……。すごく静かだ。

「すみませーん……」

とりあえず声を出しながら歩いていく。すると、

「はーい」

という声が奥からした。光輝はピタリと足を止める。おじさんの声だ。

しばらく待っていると、奥からぶたのぬいぐるみが歩いてきた。バレーボールくらいの大きさだから、光輝よりも小さい。突き出た鼻に大きな耳。右側がそっくり返っていた。

え？　ぬいぐるみなのに、歩いてきたよ？

まるで絵本の中みたいだった。

「あれ？」

そう言ったぬいぐるみの足が止まる。びっくりしたような表情だと、なぜか光輝にはわかった。

驚いて立ちすくむ光輝に、ぬいぐるみは言う。

「どなたですか？」

「あっ、えーと――」

丁寧に訊かれたから、丁寧に答えないといけない、ととっさに思った。

「平田光輝です」

「平田光輝くん、あー――」

何!?　黒い点目が大きくなったように見えたよ!?

「平田農園の？」

「そうです」

「はいはい。光輝くんね。どうしたの？」

光輝はまだびっくりしていた。

「あのー、ここはフランス料理のレストラン？」

「そうですよ」

「ぬいぐるみさんは、レストランで何する人？」

「僕は料理を作っています」

「料理を作る人？　シェフってこと？」

「お、よく知ってるね。そうだよ」

そう言われて、光輝は思った。この人なら、自分にも食べられる野菜料理が作れるかもしれないと。

だって、誰が作っても光輝は野菜が食べられなかったのだ。でも、人ではないこのぬいぐるみなら、きっと誰にもできないことができるかもしれない。

「あのー、お願いがあって来たんですけど」

「何かな？」

「僕、野菜が食べられないんです」

点目がちょっと大きくなった気がした。またびっくりしたの？

「そうなんだ。まあ、子供の頃はそうだよね」

「それで、どうしたらいいかなって友だちに訊いたら、『シェフみたいな人にすごくおいしい料理を作ってもらえば食べられるんじゃない？』って言われたから、来たんです」

「はあ～、なるほど。お友だちの意見はもっともだねえ」

「そういう料理、作れる？」

「う〜ん……」

ぬいぐるみは身体の前で短い手を交差《こうさ》させて、身体中をくしゃくしゃにした。なんなの、縮《ちぢ》むの？

「とりあえず、こっち来て座らない？　今日はお店が休みだから」

「はい」

大きな椅子を、ぬいぐるみが引きずってくる。何倍もあるように見える。巨人の椅子、と思ったが、光輝が座るとそれほどでもない。大人の椅子ってだけだ。ぬいぐるみが座ると、とても大きく見える。

「光輝くん、野菜は何が嫌い？」

向かい合わせで座ると、ぬいぐるみが質問してきた。

「ほとんど全部」

「食べられるものは？」

光輝は考えたが、浮かばない。

「ないです」

ほとんど全部っていうか、全部だった。

「じゃあ、特に嫌いなのは？」

「ピーマンとブロッコリーとトマト」

これはすぐに出る。

「どうして嫌いなの？」

「ピーマンは匂いと味が苦《にが》いから。ブロッコリーは固いから。トマトは酸《す》っぱいから」

「ブロッコリーを柔らかく茹《ゆ》でたものを食べたことはある？」

「あるけど、その時は匂いでブロッコリーってわかって、食べられませんでした」

うーん、とまたぬいぐるみはくしゃくしゃになる。

「細かく刻んだりしても？」

「うん、ダメです」

「ミキサーでドロドロにしたものは？」

「カレーとかで、形がなければ食べられる時もあるけど、匂いが気になる時もある」

カレーはカレーの匂いが強いから、まだいいんだけれど、ダメな時の方が多い。それもまたがっかりなのだ。肉は大好きなんだけど……。

「そうかあ。豆は？　枝豆《えだまめ》とか」

「うーん、食べられないこともないけど、あまり好きじゃない……」

「とうもろこしは？」

「同じような感じ」

「ナッツは？　栗とかは？」

「あ、ナッツも栗も好き。ピーナッツもアーモンドもチョコをよく食べるよ」

「なるほど」

ぬいぐるみは鼻をぷにぷに押しながら、そう言う。

「でも、ぬいぐるみさんなら、僕も食べられるもの作れるでしょ？」

「なんでそう思うの？」

「だって……ぬいぐるみだから」

点目がぱちくりしたように見えた。

「あ、僕の名前は山崎ぶたぶたっていいますからね。自己紹介が遅れてごめんね」

ぶたぶた!?　すごい！

「ぴったりな名前だね！」

そう言うと、ぶたぶたは両手を広げて足をむんっと踏ん張る。まるでコアリクイの威《い》嚇《かく》みたいだ（そういう動画を見た）。

「名は体《たい》を表すって感じでしょ？」

なんか難しいこと言われた……。

「名前と見た目が一致してるでしょってこと」

光輝はうんうんと何度もうなずく。

「でも、小さいよね」

光輝はあまりクラスで大きい方ではないが、それと比べても小さい。

「小さいけど、特に不便ではないよ」

「そうなんですか……」

「そうです」

僕も特に不便はないな。

「そうそう、なんでぬいぐるみだから食べられるもの作れると思ったの？」

「人間じゃないから、全然違うもの作るかなって」

「……ぬいぐるみしか食べられないもの作ったらどうする？」

「あっ！」

それは全然考えなかった。

「っていうか、ぬいぐるみも食べるの⁉」

何も食べられないかと思った。

「食べますよ。なんでも」

「なんでも？　好き嫌いないの？」

「ないね」

「すごい！」

好き嫌いがないなんて、すごいなあ。

「ぬいぐるみしか食べられないものって何？」

「いや、たいていは同じですよ、人間もぬいぐるみも」

「そうなんだ」

それは知らなかった。

「とにかく、僕に野菜料理を作ってほしいんですね」

「そうです」

「じゃあ、ちょっと待ってて」

ぶたぶたは、店の奥に戻っていった。

待っている間、店の中を見回す。天井が高くて、窓ガラスが大きい。もう夕方が近いから、少し日が陰っているけど、とても明るいし、木の緑がきれいだ。あの木は桜だな。咲いてる頃だったら、この窓からの眺めはすてきだろうな。その頃にまた来たい――。

「お待たせー」

はっと光輝は目を覚ます。いつの間にか寝ていたらしい。椅子に座っていたはずなのに、ロビーのソファーに寝かされて、タオルケットがかけられていた。

ぶたぶたが、小さなコーヒーカップみたいなものがたくさん載っている皿を持ってしずしず歩いてきた。カップはどれもすごく小さい。ぬいぐるみ専用なのかな？

カップをソファーの前のテーブルに静かに置いたぶたぶたは、

「どうぞ」

と言う。

カップは六つ並んでいた。それぞれに半分くらいのスープ？　が入っていた。色がそれぞれ違う。

「このポタージュスープを一つ一つ飲んでみて、どれが好きか嫌いか、言ってくれる？」

「うん」

順番に飲んでみると、枝豆とかにんじんとかの味がして、どれもあまり好きじゃなかった。家のスープと比べると、ちょっと変わっている気はしたけど。

でも、最後のやつは知らない味だった。

「何これ……」

甘くておいしい。ごくごく飲める。

「気に入った？」

「うん。おいしいです。スープっていうか、甘いおいしい飲み物みたい。ココアみたいな」

「ココア好きなの？」

「うん」

「じゃあ、作ってあげましょう」

ぶたぶたは皿を持って、また奥へ戻っていった。

また一人になってしまった。静かだから、さっきも眠くなっちゃったんだろうか。

「光輝！」

突然名前を呼ばれて、びっくりする。振り向くと、

「お父さん⁉」

内緒で出てきたのに、もうバレてしまった！

「何してんだ、どうしてこんなとこに！」

お父さんはずんずんこっちに歩いてくる。

「あ、いらっしゃい、平田さん」

ぶたぶたが今度は大きなマグカップを載せたトレイを持って現れた。すごく重そうなのに、普通に持ってる。

「すみません、ぶたぶたさん、お休みの日なのにご迷惑かけて……」

「いえいえ、大丈夫ですよ」

「いないなと思ってたんですけど、まさかこちらにお邪魔しているとは……」

光輝はソファーに座って、小さくなっている。

「なんでここにいるんだ？　理由を言いなさい」

お父さんに言われて、ぶたぶたをちらっと見ると、「ちゃんと言いなさい」と言っているみたいに見えた。点目なんだけど。

「えーと……俺、野菜が食べられないじゃん？」

「ん？　う、うん、そうだな」

「どうしたら食べられるかなって考えたら、すごくおいしい料理が作れる人に作ってもらえばいいってわかったんだよ」

「……それで、ここに来たの？」

「うん。だってフランス料理のシェフってそういう人でしょ？　スミオくんが言ってた」

「そうか……。でも、何も言わずに来るのはダメだ。お母さんも心配するし、ぶたぶたさんにも予定がある。今日はお店が休みだったけど、お店やってる時には相手してもらえる時間はないよ」

そうか……。

「ごめんなさい」

「ぶたぶたさんにも謝りなさい」

「ごめんなさい……」

「びっくりしたけど、大丈夫ですよ」

お休みの日だったのか……。じゃあ来てもいないってこともあったかもしれないんだね。

「今度からは電話してね」

と名刺をもらう。

「今度なんて……いいですよ、ぶたぶたさん」

「でも、お父さんの作ってる野菜が食べたかったんだから、いいじゃない。協力しますよ」

「けど、家でも工夫したのに、ダメだったから……」

「さっきスープ飲んでもらったんですけど、一つ平気なのがありましたよ。あ、ココアどうぞ、光輝くん」

マグカップが目の前に置かれる。いい匂い。

「飲んでいい？　お父さん」

「いいよ」

「平田さんもどうぞ」

「いや、これはぶたぶたさんが自分ののつもりで持ってきたものでしょう？」

「いえ、そろそろ来るかな、と思っただけですよ」

お父さんと並んで座って、ココアを飲んだ。あったかくて、甘かった。お母さんがたまに作ってくれるのと似ている。

飲みながら、さっき飲んだスープを思い出す。あれって……。

「あれも野菜だったの？」

「そうですよ。きっと光輝くんは食べたことのない野菜だったんだね」

「そうなんだ……」

野菜はすべてダメかと思っていたから、食べられて、しかもおいしかったことがちょっとうれしかった。すごく大人になった気分。

「あれはなんていう野菜？」

「それは秘密」

「えーっ」

どうして教えてくれないんだろう。

「なんていう野菜なのか、当ててみて」

「クイズなの？」

「賞品も出しましょう」

「いや、ぶたぶたさん、そんな――」

「光輝くん、食べるものでは何が好きですか？」

「肉！」

即答《そくとう》だ。

「じゃあ、当たったらおいしいお肉を食べさせてあげましょう」

「わーい！」

「すみません、ぶたぶたさん……」

「野菜が嫌いってだけじゃなく、『食べたい』って思うんだったら応援したくなるじゃないですか」

「それはそうなんですけど……」

お父さんとぶたぶたが話し合っている間に、ココアを飲み終わってしまった。おいしかった。

「じゃあ、帰るか」

お父さんが言う。ちょっと残念だったが、光輝はおとなしく言うことを聞いて、お父さんについていく。自転車はトラックの荷台に載せた。

帰る時、ぶたぶたが、

「またおいで」

と言ったので、お父さんに、

「また行っていい？」

とたずねると、

「うーん、ぶたぶたさんも忙しいからな……。野菜を届ける時についていくくらいなら、いいよ」

「やったー」

またあのスープが飲めるのかな？　だったらうれしいな。

一週間後の土曜日、春キャベツをいっぱい持ったお父さんについて、光輝はまたぶたぶたのお店へ行った。

お店をやっている時は、ランチが終わる二時から三時くらいまで昼休みなのだそうだ。泊まりのお客さんが来るのがもっと遅かったら、もう少しお休みがあるみたい。

「今日は時間があるから、またスープの飲み比べをしてみましょう」

そう言って、ぶたぶたはスープをいくつか持ってきてくれた。今日はお父さんもいるから、ちょっと緊張する。

「僕も飲んでいいですか？」

お父さんが言う。

「どうぞー」

今日のカップは三つだった。色はどれもよく似ているけど、微妙に違う？

「左から飲んでみて」

と言われたので、そのとおりにしてみた。この間飲んだおいしいのと同じ味がした。

「これ、おいしい」

大好きだ。でも何でできてるかわからないから、家で作ってもらえない。それがちょっと残念。

「うん、おいしいな。さすがぶたぶたさんのスープ」

お父さんも飲んで、光輝と同じことを言う。やっぱりおいしいんだ。

次のを飲むと、一つ目と似た味だったけれど――。

「何か違う味が混じっているみたい……」

お父さんも飲んでみる。

「あー、なるほど」

お父さんの反応に、光輝はびっくりする。なんかわかってるみたいじゃない⁉

「違う味が混じってるのがわかるなんてすごいじゃないか、光輝」

そ、そうかな。

「味はどう？」

「ちょっと違うけど、おいしいよ」

「そうか」

お父さんはニカッと笑った。ほめられたみたいでうれしい。

「家でも飲みたい？」

お父さんの言葉にちょっとびっくりする。

「家でも作れるの⁉ どうして？」

「何でできてるかわかるから」

光輝はショックだった。自分には全然わからなかったのに、お父さんにはわかるなんて。

「なんでわかるの？」

と訊いて、「それは野菜を食べているから」と気づき、悲しくなった。お父さんは野菜が好きだからわかる。自分は野菜が嫌いだからわからない。

ぶたぶたはわかったら肉を食べさせてくれるって言ってたけど——それよりも今気づいたことの方が大切なように思えた。

「光輝は食べたことのないものなんだろう？」

「そう……みたい」

「お父さんは食べたことあるってだけだよ」

それはそうだけど……やっぱりたくさん食べてるから「食べたことある」わけだし……。野菜が嫌いでなければ、光輝だって知っていたかもしれない。

なんだろう、この気持ち。悲しいってしかわからない。

ムズムズしたまま、家に帰る。お父さんが、お母さんやおじいちゃんたちに、

「光輝が野菜のスープを飲めたんだよ！」

とうれしそうに報告した。

「すごいね！　偉《えら》いね！」

とみんな言ってくれたけど、光輝はあまりうれしくならなかった。

なんで？　どうして？


その日の夕食に、スープが出てきた。

「ほら、飲んで、光輝」

お父さんが作ってくれたみたい。飲んでみると、ぶたぶたのとそっくりな味がした。

「ぶたぶたさんにレシピを教わってきたからね」

「やっぱりおいしいねー」

みんなも飲んでいろいろ感想を言っている。まだ赤ちゃんの妹も、気に入ったみたいだった。

「簡単だし、元々野菜好きな子なんだけど。コツも教わってきたから」

お父さんが言う。

「おいしいか、光輝？」

「うん……おいしい」

お父さんが作ったものもおいしかった。みんなは「光輝が野菜食べられるようになるかも！」と超喜んでいる。光輝は何をどう言えばこのムズムズした気持ちを伝えられるのか、やっぱりわからなかった。


次の日から食事には必ずスープがつくようになった。少しずつ味が違う。

お父さんが作ってもお母さんが作っても、おばあちゃんたちが作ってもあまり味は変わらない。少しずつ違うっていうのは、どうも元のスープに別の野菜を混ぜているらしい。それくらい、光輝にもわかった。

でも、けっこう飲めてしまうのだ。たまに何が入っているのかわかる時もある。ピーマンとかトマトはすぐにわかった。でも飲める。元のスープの味が強い。前よりも全然大丈夫だ。これならそのうち、単品でも食べられるようになるかもしれない。

野菜を食べられることは光輝も願っていたのに、どうしてうれしくないのかな、と数日悩んだあげく、またぶたぶたのところへ行くことにした。この間と同じだ。自転車でル・ミステールを訪《たず》ねる。でも今日は、ちゃんと事務所にあるホワイトボードに書いてきた。自分の名前と一緒に。今日はお休みじゃないから、ちゃんと二〜三時までの間に行った。

「こんにちは〜」

この間と同じように声をかけると、奥からぶたぶたが出てきた。

「あれ、光輝くん、どうしました?」

「ちょっと……また相談があって」

「一人? 家の人には言ってきた?」

「ホワイトボードに書いてきました」

そう言うと、ぶたぶたは「あはは」と笑った。

「おうちの人では解決できないこと?」

「うん……多分。よくわからないから、聞いてもらいたいなって」

「じゃあ、ココアをいれてきてあげましょう。ちょっと待っててね」

この間とまったく同じに、ロビーのソファーに座って待っていると、ぶたぶたがトレイを持って帰ってきた。ココアのカップ二つと、山盛りのお皿が載っている。

「はい、クッキーもどうぞ」

山盛りなのは、小さなクッキーだった。

「いただきます」

おいしそうだから、さっそく食べる。小さくて薄くて、カリカリしていた。いろんな味がある。普通のとチーズとチョコと――塩気の利いているものや、レモンの香りがするものもあった。

「失敗しちゃったものですけどね、味は変わらないから」

「これで失敗⁉　おいしいよ」

「そう、おいしいよねー」

ぶたぶたもクッキーを手に取り、鼻の下へすっと差し込んだ。カリポリと音がして頬がもぐもぐ動く。

食べてる！

「食べるんだね！」

「食べるよ。だから料理も作ってるんだよ」

ココアのカップを両手で持ち、ふーふーしていたが、どう見ても鼻でふーふーしているようにしか見えない。そのままカップのふちをやっぱり鼻の下に押しつけ、ずずっとすすった。飲んでる……。

「ココアで濡れないの？」

「大丈夫、あったかいから」

なんかそれは答えじゃない気がしたが、まあいいか。濡れてもすぐ乾くよね。

「ココアもおいしいねー。お母さんのココアもおいしいんだよ。けど自分で作るとあんまりおいしくないいんだよね」

「どうやって作ってるの？」

「ココアの粉をお湯に溶かしてるの」

「あー、それは粉っぽくなるよね。ココアは最初ちょっとのお湯で練《ね》るといいですよ。クリームみたいになるまで」

「へー。今度やってみる。お母さんはそれをやってたってことなのかな？」

「そうだと思いますよー」

二人でそんな話をしながらココアを飲んだ。

「それで、どんな相談？」

そうだった。それを話しに来たんだった。でも、うまく話すことができないので、結局全部話すしかなかった。お父さんにほめられてうれしかったのに、そのあとなんだかムズムズしていることを。

「じゃあ、あれからスープならいろいろ飲めるようになったの？」

「うん」

野菜が食べられるようになりたい、と思ってここに来たら、野菜スープが飲めるようになってきて、それって自分にとってすごい進歩なんだけど……。

「ふーん、それはやっぱり、自分だけがその野菜をわからないからなんじゃないの？」

「それはそうなんだけど」

「仲間はずれみたいに思うとか？」

「そうなのかな……。でも、知らないものなんだから、わかるはずないし。どうしたらわかるようになると思う？」

クイズを出したぶたぶたに対して答えを訊くようなものだけど、ヒントってことだから。

「うーん、まあ食べたことのないものをわかれって言っても無理だよねえ。実はあれ、野菜スープっていうか、豆のスープなんだよね」

「でも、豆も野菜でしょ？」

「豆は野菜のものもあれば、野菜じゃなくて穀物《こくもつ》のものもあるんです。スープにしたのは厳密にいうと穀物だから、野菜のスープとは違うかもしれない。変なクイズを出してごめんね」

「豆も好きじゃないよ。大豆《だいず》とか」

「大豆も一応穀物だね。とうもろこしも穀物ですよ」

「えー、野菜だと思ってた……。野菜だけ食べられないと思ってたけど、他にも食べられないものがあるなんて……」

ちょっとがっかりするが、

「スープでなら少し飲めるようになったんだし、最初に飲んだ豆のスープはおいしかったんでしょ？」

「うん、好き」

「だいぶ進歩してるじゃない」

「そろそろそのまま食べられるかな……？」

「いきなり？」

ぶたぶたの目が見開いたように見えた。耳もピンと立ったようだった。右側はそっくり返ったままだけど。

「食べてみる？」

「う、うん……」

「じゃあ、今度作ってお父さんに渡すよ」

「えっ、何を？」

「サラダなら今すぐできるけど、いきなりサラダはハードル高いかな、と思うから、何か煮込み料理とかを――」

「いいよ、サラダで！」

そんな、忙しいのにあとで作ってもらうなんて！

「えー、ほんとに大丈夫？」

「平気だよ！」

平気になりたい。

「じゃあ、ちょっとだけ食べてみようか。ついてきて」

ぶたぶたはずんずん奥へ入っていく。光輝はどこへ連れていかれるんだろうとドキドキしていた。不安はないけど、野菜を食べることを考えると緊張する。

いつもぶたぶたに会うロビーには人がいなかったけれど、着いたところには白い服を着た人たちが、忙しく歩き回っている。みんなぶたぶたに挨拶していた。

「お疲れさま。ちょっと端《はし》っこ借りるね」

ここは多分「厨房」というところだ。お母さんに教えてもらったことある。

物珍しくて突っ立って周りを見回していると、いつの間にかぶたぶたは何やらいろいろ載せたワゴンを押してやってきた。

「何するの？　手伝う？」

「大丈夫だよ。ちょっとテーブルセッティングします」

厨房の端っこに四角いテーブルが一つあった。椅子に飛び乗ったぶたぶたは、そこで白いテーブルクロスをパーッと広げた。すすっとシワを伸ばすと、ワゴンから大きな白い皿を取り出し、テーブルの上に置く。フォークとスプーンを並べて、小さな花が挿《さ》さった小瓶《こびん》を置く。

「少し高いこっちの椅子に座ってね」

子供用の椅子がちゃんとあった。その背を持って、ぶたぶたは、

「どうぞ」

と言った。

「それは『座れ』っていうこと？」

「そう。お座りください」

光輝が椅子に腰を降ろすと、テーブル越しに厨房の中が見渡せた。

「ちょっとお待ちください」

ぶたぶたは、すぐ近くの作業台の脇に置いてある踏み台に飛び乗り――何かしているらしいのだが、よく見えない。でも、あっち行ったりこっち行ったり、ぶたぶたはすごく素早く動く。踏み台がいくつも置いてあって、ぶたぶたには使いやすく、ぶたぶたよりも大きい人（たいていそうだ。光輝ですら）の邪魔にもならないようになっているらしい。

見ていてとても楽しい。厨房って台所ってことだよね？　うちの台所にもテーブルはあるけど、こういうんじゃない。全然違う。なんだかワクワクする。

「お待たせしました」

ぶたぶたがお皿をトレイに載せてやってきた。

「謎の豆のサラダでございます」

椅子に軽やかに飛び乗って、大きなお皿の上にサラダの皿を重ねた。すごくきれいだった。下に敷いてある緑の野菜は多分、お父さんが今朝持っていったレタスと春キャベツだ。上には豆がいっぱい載っていた。

でもよく見ると、全部豆じゃない。白い豆、赤い豆、そして枝豆は緑だけど、オレンジ色のはにんじんだ。黄色いのは何？　そして、みんな丸くて、大きさがそろっている。

「豆のサラダ」にしか見えない。

「豆じゃないのも入ってる？」

「もちろん」

「僕が好きな豆もあるの？」

「あるよ」

「一つ一つ食べていい？」

「どうぞお好きにお食べください」

生のキャベツやレタスはちょっと――あとで挑戦してみる。まずは上の豆のところを。豆は白っぽいドレッシングで和《あ》えてあった。それのせいか、野菜の匂いがそんなに強くない。

丸く切ってあるから、なんの野菜かわからないのがちょっと怖かったけど、小さいから一つ口に入れてみる勇気が湧く。

うう、でもこれはきゅうりの匂いがする……。あれ？　けど、けっこう平気……なような気がする。きゅうりの味も匂いも、やっぱり強くない。

赤い豆、オレンジのにんじん、黄色いのはじゃがいもだった。どれも食べられないものだったけれど、みんななんだかほくほくしていて、そんなにいやじゃなかった。

「この赤い豆って何？」

「それは赤いんげん豆」

「いんげん豆なら知ってる。これでしょ？」

白い豆がそうだ。

「そうですよ」

「なんだろう……。みんなそんなにいやじゃないよ」

好き、とまではいかないけど、けっこう食べられる。いっぱいは無理かもだけど――。

「あっ」

食べたことのない豆があった。色は薄いベージュ色だ。ゴツゴツした形で、一箇所とんがっている。なんだか固そう。

「これ、知らない豆かも」

「どうぞ召し上がってください」

変な形の豆を口に入れる。あ、固いかと思ったけど、ほくほくしていておいしい。これ、好き。

「あのスープの豆だ」

「正解です」

「正解って言っても、名前知らないよ」

「その豆は、ひよこ豆っていいます」

「えっ、かわいい名前！　もしかして、とんがってるところって――」

「そう、ひよこのくちばしみたいに見えるから」

「へーっ！」

ぱくぱくひよこ豆だけ拾って食べてしまう。うん、これほんと好きだ。

「ちなみに、ドレッシングもひよこ豆と豆乳《とうにゅう》で作りました」

「えっ、大豆苦手なのに！」

「光輝くんはひよこ豆と混ぜるとけっこう大丈夫になるみたいだね」

ドレッシングもひよこ豆だから、他の野菜も食べられたんだろうか。

「光輝！」

いきなりお父さんの声がして、椅子から飛び上がる。お父さんがすごい勢いで厨房に入ってきた。

「何してるんだ、またぶたぶたさんに迷惑かけて！」

「まあまあ」

ぶたぶたがお父さんを止めている。あんなふうに前に立たれたら、光輝も止まっちゃうな。やっぱりコアリクイの威嚇みたいだったけど。

「光輝くんが野菜嫌いを克服《こくふく》したんだから、叱らないでやってください」

「えっ、ほんと!?」

お父さん、怒っていたのに、一瞬で忘れてしまったみたいだった。そんなに野菜を食べてほしかったんだ。光輝は改めてそう思った。

ホワイトボードに書いたとはいえ、一人で勝手に行ってしまったことはお父さんから叱られた。忙しいぶたぶたにサラダを作らせたことも。

「いえ、それはお気になさらず。ひよこ豆のドレッシングもうまくできましたし」

野菜嫌いの人でもおいしく食べられる——はず。

「正解したから、今度お肉食べにおいで」

「じゃあ、ランチにうかがいます」

お父さんが言う。

「いい肉用意して待ってます」

「いや、そんな普通のでいいです……」

光輝としては、お肉でさえあればなんでもいい。それに、あれは正解でいいのかな。

結局教えてもらったわけだし。

それに——光輝は実はまだ、野菜嫌いを克服したとは思っていなかった。食べられる、というくらいにはなった、ということで……好きじゃないし、おいしいと思うのはまだひよこ豆だけだ。

その晩は、ぶたぶたに教えてもらったひよこ豆のドレッシングをかけた農園の野菜をみんなで食べた。生野菜も温野菜もたくさんあった。光輝以外はもりもり食べている。

「何にかけてもおいしいね」

お母さんの真似をして肉につけたら、とてもおいしかった。それと一緒に、野菜もちょっと食べた。今までで一番食べたかもしれない。みんなと比べたら、全然食べられないんだけど。

「うれしいなあ、光輝がうちの野菜を食べてくれて」

お父さんとおじいちゃんは言う。おじいちゃんは泣きそうな顔をしている。何か言ってあげないといけない気がしたが、何も浮かばない。

でも、いつの間にか変なムズムズが消えていた。

ぶたぶたに相談した時、「自分だけがその野菜をわからないから、仲間はずれみたいに思うのかも？」とか言われたけれど、今はちょっとわかる。

光輝は、みんなと同じものが食べたかっただけだった。大好きなお父さんやお母さんたちが好きなものを、一緒に食べたかったのだ。一人だけしかめっ面《つら》して食べたくなかったんだ。

まだ食べられるようになったばかりだし、これからもあまり量は食べられないかもしれないけど、いつか好きになれるかもしれないし、それがダメでもひよこ豆と混ぜればある程度は食べられそう。食べないからって心配されないようにしたい。

「ひよこ豆のレシピ、ぶたぶたさんがくれたの」

お母さんが見せてくれる。ノートをコピーしたものだが、きちんとした字が並んでいる。

「何が食べたい？」

と訊かれても、読めない漢字もあるし。なんかうにょうにょした文字も書かれているよ。

「お菓子もあるよ」

「お菓子!? 食べたい！　あっ、でもそれじゃ野菜じゃないよね！」

みんなが笑う。

「いいんだよ。好きなものを食べて」

お父さんが笑って、そう言う。その顔を見て光輝は、やっぱり野菜を好きになりたい、と思う。

今度また、ぶたぶたに相談してみよう。

あとがき

お読みいただきありがとうございます。矢崎存美です。

さて、今作の『森のシェフぶたぶた』で光文社文庫のぶたぶたシリーズは二十二冊目となりました。

徳間文庫から出ている六冊を加えると、二十八冊目になります。

そして今年二〇一八年は、ぶたぶたシリーズが生まれて二十周年です。

廣済堂出版で単行本『ぶたぶた』が出たのは、一九九八年九月のことでした。

表紙の撮影のために、初代ショコラ（ぶたぶたのモデルになったモン・スイユのぬいぐるみ）を連れて今は閉店した有楽町西武へ行き、かわいくラッピングしてもらったことを思い出します。お尻のところを千切《ちぎ》って、しっぽを出したりして。もちろん、撮影にも立ち会いました。気分はタレントのマネージャー。

現在インスタグラムでやっているような「ぶたぶたの日常」を口絵にしようと思い立ち、都内あちこちへ撮りに行って、モノクロで現像してもらったり（当時まだデジカメではなかった）。現像しないと写真の出来がわからないというのは、今では珍しいことなんだなあ。二十年という月日を感じます。

私の希望を入れるため、いろいろな方に協力していただいたおかげで、とてもかわいい本になりました。新井素子《あらいもとこ》さんにも帯を書いてもらったし。あんなに凝《こ》った単行本は、あれ一冊かもしれない。そんなに単行本出していないんですけどね。

現在連れているショコラは二代目になりましたが、ずっと同じぬいぐるみをモデルにできているのもうれしい（二十年の間に何回か再販もされています）。

が、そのあといろいろ事情（いわゆる大人の）がありまして、ぶたぶたは出版社を転々とします。「流浪《るろう》のシリーズ」と言われるだけあり、文庫レーベルもラノベ系のものもありましたし、角川書店（現ＫＡＤＯＫＡＷＡ）の雑誌に短編を載せたこともあります。最初のショートショート「初恋」も、講談社の雑誌に載ったものですしね。安武《やすたけ》わたるさんに描いていただいたマンガも、出版社は二社にわたっています。

そして現在は、主に光文社文庫から、時たま徳間文庫から、という形態に落ち着いております。出版社によって内容が変わるとかそういうのはありませんし、シリーズどこからでも読めます。最新作から読んでもよし、第一作『ぶたぶた』（徳間文庫）から読んでもよし、好きな表紙やタイトルから選んでもよし。そういうところが二十年読み継がれてきた理由かなあ、と思っています。

ぶたぶたの第一作「初恋」が書かれたいきさつや、「山崎ぶたぶた」の名前の由来などについては、ｗｅｂ光文社文庫「Yomeba!」内の特集ページ「祝！ ぶたぶた20周年」

https://yomeba-web.jp/special/butabuta/

で私がくわしく語っております。ネット環境のある方はぜひご覧ください。

前出のインスタグラムも「山崎ぶたぶた」名義でやっておりますので、検索してみてください。ぶたぶたがいろいろなところへお出かけしている写真が満載。やはり食べ物の写真に「いいね！」が集まります。

とはいえ、今回の『森のシェフぶたぶた』には、二十周年を意識したちょっとした工夫があります。

本当にちょっとしたことなのですが、第一作『ぶたぶた』をお読みいただいている方なら「あれ？」と思うことです（もちろん読んでいなくても大丈夫です）。『ぶたぶた』でフレンチのシェフといえば――という……。本場で修業してのオーベルジュですから、当然フランス帰りなわけですし――とここら辺にしておきます。お読みでない方も、気が向いたら『ぶたぶた』を手に取っていただけるとうれしいです。

いつものようにお世話になった方々、ありがとうございました。
手塚《てづか》リサさんの表紙、とてもさわやか！　作品自体は春夏秋冬にわたっていますけれど、表紙は今の時期にマッチしています。やはり緑色が印象的ですよね～。前出の「Yomeba!」内の特集ページには、手塚さんによる表紙のギャラリーもありますので、ぜひ楽しんでくださいね。

二十周年とはいえ、ぶたぶたはこれからも続きます。今まで続けられたことも、これから続けていけるのも、読者の方々の応援ゆえです。どうもありがとうございます。
そして、これからもどうぞよろしくお願いいたします。

シリーズ二十周年を記念した「ぶたぶた」特集記事は、ｗｅｂ光文社文庫のサイト「Yomeba!」https://yomeba-web.jp/ 内にございます。矢崎存美さんのインタビュー、カバーギャラリー、読者参加型の企画など、随時更新される予定です。サイトには、左のＱＲコードからもアクセスできます。

（編集部）

光文社文庫

文庫書下ろし

森《もり》のシェフぶたぶた

著　者　矢《や》崎《ざき》存《あり》美《み》

2018年7月20日　初版1刷発行

発行者　鈴木広和
印　刷　萩原印刷
製　本　ナショナル製本

発行所　株式会社 光文社
〒112-8011　東京都文京区音羽1-16-6
電話 (03)5395-8149　編集部
8116　書籍販売部
8125　業務部

ISBN978-4-334-77681-7　Printed in Japan

組版　萩原印刷